王力芹——著
Chloé Kong——繪

虎姑婆都不虎姑婆了

台灣民間故事④

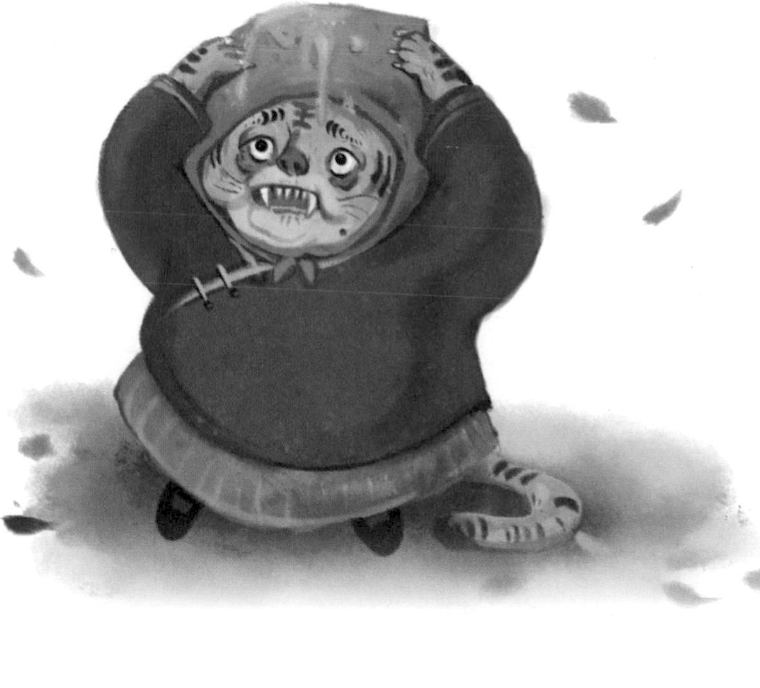

晨星出版

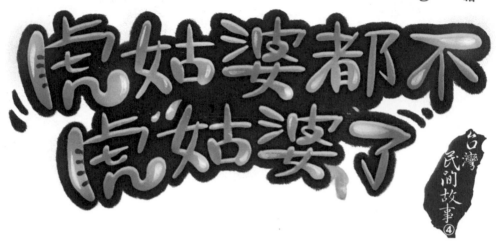

目錄

作者序　花甲少女愛唱《虎姑婆》 004

序　章　老虎精下山了 008

一、爭魚肉吃 014

二、虎姑婆哪去了 025

三、牧童進財出糗了 037

四、驚天轟雷嚇病了 053

五、有了新點子 068

六、生死一線間 084

七、一窩雞全不見 096

八、傳言滿天飛 106
九、誰治誰 119
十、血淋淋一條斷腿 133
十一、一桶麵粉一桶水 146
十二、踩著豆子滿地滾 160
十三、雞毛當武器 173
十四、三姊弟智退虎姑婆 186
十五、美麗天使心 202
十六、共商處置方法 216
十七、人間有愛 229
尾聲 245

作者序

花甲少女愛唱《虎姑婆》

我是花甲少女。

花甲少女小時候也愛聽故事，床邊故事包羅萬象，其中包含了「虎姑婆」。

寒冬夜裡聽爸爸說虎姑婆吃小孩，從窗縫鑽進屋裡的風讓人直打哆嗦，不由得從心底生出恐懼。有一年，我們租處是在一片稻田邊緣，更特別的是廁所在屋外，天黑之後實在害怕，不敢單獨上廁所。如果再聽了虎姑婆故事，那一晚必然得呼朋引伴，邀姊姊喚弟弟相陪，他們如果都不答應，說什麼也不願獨自一人開門出去解手，整個晚上就霸著屋內那只尿桶不放。

我偏又愛聽虎姑婆，十分佩服故事裡那個有智慧有勇氣有計謀的姊姊，這也才能完結虎姑婆。

可這樣的結局不也以暴制暴了？

會不會小孩心裡殘留了陰影？

一年年過去，莫名的虎姑婆竟和兇惡長輩畫上等號，真的姨、嬸、姑婆們都惡狠狠嗎？我周邊不乏慈眉善目的女性長輩，在她們一路護持下方能日漸茁壯成長。

成為母親之後，我為孩子說故事，那時一首帶點童趣的兒歌《虎姑婆》正流行，我用可愛兒歌為孩子詮釋虎姑婆，母子三人其樂融融。然後，終於也晉身到婆字輩人物。我是姑婆但不是虎姑婆，看著第三代娃兒天真無邪的臉龐，忽然有所感，天地間這最真純的童心能融化一切，遂有了虎姑婆的新發想。

都說萬物皆有靈性，若台灣真有老虎，在眾多善良人民生活的島嶼中，必然也是被感染得保有純然善念的獸。那麼，藉由山形似虎，在人們無心口傳之下，人云亦云的一傳十、十傳百，渲染到煞有其事地出現了一頭老虎，而後陷入驚慌失措的日常。三人成虎，到底不是事實，可謠傳一旦深入民心，人們常就信以為真了。

所以，可不可能來說說，一心想著報復的老虎，受到孩童真誠對待而開啟了善靈，從此痛改前非不再擾民，回歸山林盤據一方默默守護大眾。

眾所周知，台南市龍崎區有一座虎形山公園，有山有水有豐富生態，這是親民場域是寓學習於休閒的處所，若虎姑婆從此有新形象，豈不是美事一樁？

花甲少女仍然愛唱當年夯著的《虎姑婆》，《虎姑婆》已是哄睡小娃娃入睡的搖籃曲。

「好久好久的故事，是媽媽告訴我，
在好深好深的夜裡會有虎姑婆，
愛哭的孩子不要哭，牠會咬你的小耳朵，
不睡的孩子趕快睡，牠會咬你的小指頭……」

作詞／作曲：李應錄

序章

老虎精下山了

山清水明，劍潭山一片晴朗。

風從林梢拂過，林子裡彷彿數十個娃娃唧唧呀呀的，哼著不成曲調的歌。風小時，沙沙沙的吹不停；風大時，呼呼呼的吹得整座樹林搖頭又晃腦。

大人總叮嚀著孩子，莫要往山裡跑呀，山裡樹多林多，仙人妖精多。但越是這麼叮嚀著，彷彿越是提醒著孩子們山林裡密密麻麻的大樹小樹正適合玩捉迷藏，若是仙人妖精也一起玩那才有趣呢！

多少年來，劍潭山一帶風平浪靜，環繞整座山四周的住戶，無論富貴人家或清貧農戶也都平安順遂。

不知從哪一天開始，這話傳得沸沸揚揚，說劍潭山像老虎，是虎形山。口耳相傳的最初是，劍潭山山坡上伏趴著一隻老虎，不過就是山形酷似而已。一段日子之後，更多了茂密的樹林是老虎身上的花紋，然後讚賞著這頭老虎漂亮。

「你們看、你們看，遠遠看去山上那些樹不就是老虎身上的紋路？」

「哎唷，還真的像一隻老虎呢！」

「是啊是啊，那是一隻熟睡的老虎。」

「哎唷，那我們可得小心翼翼，可別把老虎吵醒囉！如果吵醒老虎，老虎一個不高興，下山來擾亂我們生活，那日子可就不好過囉！」

「大家記著啊，別尋老虎開心，別吵老虎呀！」

那之後，在劍潭山來來去去的人都瘋傳著，從劍潭山向芝蘭一堡大直莊（今大直）方向望去，那山麓伏臥著一隻老虎，說者為取信於人，總不厭其煩的遙指連綿劍潭山脈上的茂密樹林，並且繪聲繪影。

「那山上真有一隻老虎！」

「老虎會不會下山來吃人？」

「不會吧！我們也沒去干擾牠啊！」

「說的也是，我們和老虎和平共處，和平共處。」

從流傳著那座山像老虎開始，以訛傳訛地變成山上真有一隻老虎，再到居民憂心老虎下山吃人，這之間許多年過去了。村民雖是這般心生警戒，仍過著一年又一年的平靜生活，從沒聽說有哪個人親眼見到老虎下山來，也沒聽說哪家的人上山時遇見了老虎，更沒聽說哪家有人被山上老虎啣走了。但是，關於老虎的傳說從沒停止過。

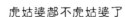

有人說那虎形山上的老虎，曾在灰濛濛的夜裡進村子蹓躂閒逛，逛大街逛得可威風了，也有人說曾見著老虎在山坡樹林裡吹風納涼，那真是一個愜意舒服啊！還有人說老虎睡了好多年，這會兒渴了到埤塘喝幾口水，倦了便窩在樹根上小瞇片刻，既不鬼鬼祟祟嚇人，也不會傷害村人和牲畜。

可不知不覺虎形山上真的出現一隻修煉成精的老虎，那老虎精忒(ㄊㄜˋ)愛搞怪，有時假扮成老婆婆模樣，在村子裡逗逗小娃兒，小娃兒被這一逗弄，總咯咯笑個不停。

喃喃學語的小娃兒口齒不清，笑著念著喊著，竟就成了「虎姑婆、虎姑婆……」

大人忙著莊稼忙著三餐，沒空理會小孩兒的日常，沒想到才多少工夫，再大一點的小孩也跟著小弟弟小妹妹叨念著「虎姑婆」。

大人們聽著也當成茶餘飯後的趣味看待，只是偶爾心血來潮提醒孩子們：「你們天天這樣喊著『虎姑婆』，可別真把老虎喚來了。」

大人雖是這樣說，卻也呵呵笑著帶過，誰知，謠傳日久，山上的老虎精魂逐漸成形了。

一、爭魚肉吃

黃昏時分，家家戶戶屋頂上的煙囪騰起一波波裊裊炊煙，小徑上門庭前玩著的小孩兒遠眺山巒，整座劍潭山霧氣瀰漫宛若仙境，朦朧之中似有山裡住著的仙翁仙婆朝他們頻頻招手，孩子們看得一個個急切地想拔足奔向山上去。

若不是家裡婆媽嬸姨們紛紛祭出「回來吃飯喔！」恐怕孩子們早已忘記餓得前胸貼後背，肚子咕嚕咕嚕叫著，茫茫然想著山裡的仙氣。

家人喚吃飯讓孩子們的神魂馬上歸位，回到自己身軀裡，立刻奔到餐桌旁，個個狼吞虎嚥。

日治時期要能在家裡吃上魚肉可不容易，有錢人家不缺大魚大肉，但窮人家子弟番薯鹹魚作伴，往往為搶著填飽肚皮這事互相告著狀。

「阿娘，妳看二姊，她多看了鹹魚兩眼。」養雞人家最小的孩子立明在開飯前發了牢騷。

話一說完小弟弟也瞧見了二姊對著他瞪得可久了，那是比看鹹魚多看兩眼還多呢！

「吃就吃，哪那麼多話屎（多話）？你二姊是能把鹹魚看進肚子裡啊？」阿娘的聲音從灶跤[1]傳來。告狀不成反遭來一頓罵，小弟弟心裡有氣，嘴裡喃喃自語道：「哼，哪一天我叫山上下來的虎姑婆給我帶來好多好多鹹魚。」

立明的自言自語沒人聽見。

大姊姊如春瞧見弟弟嘛著嘴埋頭扒那一碗番薯多過米粒的飯，賭氣似的

1　灶跤：台語廚房之意。

再也不瞧桌上那一小碟鹹魚。連阿娘端上香氣撲鼻的荷包蛋，也不願瞧上一眼。可她看見弟弟用力吸氣，深深吸著荷包蛋的那股香氣，覺得弟弟真是可愛。

冷不防阿娘夾了一顆蛋，放進弟弟的碗裡。

「阿弟仔正在長大，吃顆雞蛋長得快。」大姊如春說著。

「如春跟如意啊，妳們姊妹倆合吃一個雞蛋就好。」阿娘再夾一顆蛋放進大女兒碗裡，正巧看見了二女兒白了兒子一眼，一根手指直直戳著二女兒耳腮旁，「妳啊，妳這麼瞪妳小弟，妳當他是鹹魚啊？」

立明這會兒心裡可痛快了，阿娘真是疼他，給他完整的一顆雞蛋，還罵了二姊。

老大到底比弟妹們大幾歲，懂事得多，如春夾起碗裡的荷包蛋放進妹妹碗裡，對著妹妹眨了兩眼，如意會過意來癟著嘴角微微一笑，片刻之前的不愉快也就煙消雲散了。

爹娘將這一切看在眼裡，彼此互看了一眼，眼角滿是笑意。孩子們為了爭食鬥嘴在所難免，畢竟自家經濟並非富裕，倒是小兒小女的互鬥，也讓清苦生活平添了些許樂趣。

大宮町的臺灣神社[2]建在劍潭山上，俯瞰基隆河，河水清清，遠處岸邊迤邐一片苧麻林，養鴨人家臨水飼養群鴨，橫越基隆河的明治橋上則可見來往往的人們。

除了前往神社朝拜的路經過設計開發，有一定程度的便利性，其他散居八芝蘭（今士林）各地的民眾仍是依賴山路小徑，尤其若要去到新店支廳文山堡的內湖庄（今內湖）則更是需要繞遠路千里跋涉方能到達。

2 大宮町的臺灣神社：建於西元一九〇一年，主要祭祀死於臺灣的北白川宮能久親王，現今圓山大飯店址。

臺灣總督府看重交通建設，希望有效且快速運送物資，為了解決從圓山、大直到內湖得翻山越嶺的交通問題，日方遂積極規劃開闢一條大直直達內湖的道路。

為了築路，不得不開山。虎形山因此被切去了一角。

相安無事，不是很好嗎？

每當這頭因山林聚氣而成的老虎腳筋抽痛時，心裡便恨恨地喃喃自語，「成就我這條命的是人類，可今天讓我活受罪的也是人類，你們這些吃五穀雜糧的人啊，真是沒天良啊！」

逢上陰天下雨時，山形老虎便是低低唉聲嘆氣，到底牠是惹了誰，礙了誰，得罪了誰？道路工程進行時整天在牠身上敲敲打打，不定時地擾牠清眠，牠可是一忍再忍也沒發作，就是擔心自己忽然地大吼大叫會嚇壞了民眾。怎知，軟土遭深掘，不發威還真被當病貓了。

那時山形老虎壓根沒想到，道路開通後才是噩夢的開始。

現在，不分晝夜，一天到晚都有人從牠身上走過爬過，開通的路沿著牠

的腳踝直到大腿骨，人們在上頭跑著跳著，期間還有牛車、腳踏車，和日本人的汽車，總壓得牠疼痛萬分、苦不堪言。山形老虎忍不住在人車稀少的大半夜起身，拉拉筋骨、四處走走，好讓半廢了的身軀不致僵化。可無論老虎再怎麼活動筋骨，畢竟一腿有了殘疾，走起路來顛顛簸簸的，怎麼樣都不舒坦。

月光下映著水池，山形老虎探頭看了一眼，不禁連自己都感哀傷，那不是老態龍鍾的老太婆嗎？

唉！經過這樣的開山鑿路，再也回不去活力四射精神奕奕的年代了！

哼！憑什麼我難受你們就能

安眠？

這樣的日子怎麼過呀？

從此，夜裡總有一種痛苦呻吟，一聲聲淒厲悲傷，聲音裡埋著很深很深的怨氣，直傳到了許多庄頭人家。

「昨天晚上，你們有沒有聽到從山裡傳來的聲音？」淺眠的老者說。

「什麼聲音？」

「你說的是不是『嗚嗚……』的聲音，而且一聲比一聲哼得長？」另一個老嫗回應道。

「對，就是這聲音，越聽越悽慘，越聽越哀怨，好像很不甘心的樣子。」

「沒錯，聲音像在控訴什麼……」

「你們說那是什麼聲音？」

大清早，市集裡三三兩兩談的是前一天夜裡從山裡傳出的怪聲音，那怪聲傳得可遠了。竟是隸屬芝蘭一堡的士林庄、林仔口庄、福德洋庄、大直庄、石角庄遠近幾個庄都有人聽見。

一連數日，聽見夜裡哀嚎怪聲的人越來越多。

「你們知道嗎？我公公說夜裡那個淒慘哀嚎聲是山上老虎精發出來的。」有人分析出那聲音是出自老虎。

「老虎精？」

「你們還記得嗎？以前有一陣子小孩不知從哪兒聽來虎姑婆傳說，老喜歡『虎姑婆、虎姑婆』的叫著，會不會山裡真有虎姑婆了？」

「欸……好像有聽過虎姑婆傳說欸……」

「哎唷，你們別一說再說，說多了說不定就真有虎姑婆下山來了。」

「怎麼會有虎姑婆？我們大夥兒在這兒都住上三、四代了，我們只知道有虎形山，可也從沒有見過老虎現身，更別說老虎吼叫，而且那聲音也不是老虎吼聲啊？」保正[3]挺身而出說了安定人心的話，可這話才說完他自己內心也忐忑不安，末了加上一句也是自我安慰的話。

「總之，夜裡大家多注意一下門戶，凡事小心一些為要。」

「是啊，日本官方這隻大老虎我們看得見，只要事事小心不違法還能防著，可若真是山上老虎下來了，我們就防不勝防了啊！」

不知是誰臨走前拋下這句話，似是開啟祕密的鑰匙，眾人回頭又聚攏了。

「你們說會不會是因為日本人開山築路，傷了老虎，老虎要報復了？」

「哎唷，這可如何是好啊？」

「對喔，可不要老虎一不高興，來找我們算帳，老虎要報仇千萬不能找我們哪，牠得去找日本人才對……」

「是嘛是嘛，冤有頭債有主，老虎該去找日本人報仇……」

眼看村民們越說越激動，保正生怕巡視的日本巡查聽見，他這個保正會被叫去派出所聽訓，那可不是什麼好玩的事，於是趕緊發聲制止大夥兒的話題。

3 保正：相當於今日的里長。

「各位，有些話大家想在心裡就好，不要在這街口菜市東一句去找日本人報仇，西一句什麼什麼的，要是讓那些日本巡查聽到，大家可就都吃不完兜著走了。」

保正的話果然奏效，人群逐漸散成小團體，然後三三兩兩窸窣耳語著漸漸離去。劍潭山四周的住民雖是忿忿不平，但也只能忍氣吞聲。

二、虎姑婆哪去了

我得這般任人踐踏嗎？
我不能做些反抗嗎？
又該如何對抗這些人？
山老虎經常如此自問自答。

回過頭牠又想到世居劍潭山的民眾質樸善良，向來對牠不驚不擾不作弄，牠實在也不忍心多加騷擾。但是多年來小孩兒們天真無邪，「虎姑婆、虎姑婆」的嚷著喚著，久了彷彿是一道呼喚牠的魔咒，強勁得直是要把牠拉出這個實實在在的山林。偏偏牠這一身老虎皮囊，實在不同於天降甘霖便能長得茂盛的山野林木，也不是窩在一角曬曬太陽、喝喝雨水、吹吹涼風便能安然一年度過一年，牠是現了身的老虎，可得有食物填飽肚皮，才能顧好這一身皮囊啊。

那得怎麼辦？

只好下山找食物去了！

山老虎循著山徑，一處奔過一處。

說到底，劍潭山一帶的住民實在善良，而且自己也在此地窩居很久，也有點感情了，可肚子實在餓得慌，找到食物填飽肚皮是刻不容緩的事。

老虎一路跑，跑出了劍潭山，跑向更深處的山區，跑著跑著跑進了一個不知名的庄頭，天色已暗，牠早是餓得前胸貼後背，連吞嚥口水的聲音都聽得一清二楚，再沒弄些食物來吃，怕是要餓死了。

老虎拖著蹣跚腳步，看見不遠處一間小屋子還透著微微昏暗光線，牠小心翼翼的，不發出聲響地繞了這間小茅屋一圈，心想這家人還真是窮啊！牠既沒見著養豬的豬圈，也沒看見雞籠鴨寮，除了屋後一只大鐵鍋邊上殘留的幾顆花生之外，什麼也沒。

老虎不免哀嘆，這什麼世道，牠是乾癟之獸，這塊土地養的人也苦哈哈地過著日子。

但這小小善念浮現的時間短到無法計算，老虎終究有其獸性，悲憫之心迅速消失，牠得趕緊找東西吃，溫飽自己的肚子啊！

老虎返回了屋前，貼著雜揉稻草的土塊房子，想看看這戶人家屋裡有什麼可吃的。牠從小窗子偷偷看進屋裡，瞧見一雙父母正殷殷交代一對姊妹。

「妳們外婆生病了，爹娘去後庄看看外婆，晚些時候就回來，現在時局不安定，聽說從那什麼山裡跑出了老虎，那老虎會變裝成老太婆吃人家家裡的小孩，妳們姊妹可要當心喔！」

「把家看好，記住，什麼人來都不能開門，知道嗎？」

餓得快發昏的老虎屋外聽到這家父母將外出，一時精神都提了上來。

再忍一下下，等這家父母出門，機會就來了。

等待的時間特別漫長，那父母三叮嚀四交代五吩咐的，都拉開門栓了又給推上，回頭把剛才說過的話又重新熱過一遍。

「妳們可千萬千萬記得喔，什麼人來都不能開門，爹娘去去就回。」一這臨別依依可叫老虎一再將口水往肚裡吞，吞得牠更是飢腸轆轆。

好不容易這一雙父母三步一回頭五步一顧盼的，也拉開門扇離家了。餓癟了的老虎忍到那對頻頻回頭的父母走遠了，這才很費力地撐起身體，踅(ㄒㄩㄝˊ)到了屋後，拉下曬衣桿上一件唐衫衣裙套上自己身上，再胡亂綁條頭巾，上上下下整了整，牠想起以前裝扮成老太太逗弄娃兒時的事，只有扮個老姑婆的模樣，小孩才會沒有戒心。

扮裝完成的老虎蹣跚走到大門邊，深吸了一口氣，敲了敲門，壓著嗓子說：「開門哪，阿珍阿英，開門哪……」老虎脫口自然喊出剛才聽到這家爹娘喚著的名字。

屋裡這對姊妹一聽屋外有個蒼老聲音喊她們兩姊妹名字，黑夜裡備感親切，尤其小小年紀的妹妹阿英更是雀躍，倏的就往門口奔跳過去，姊姊阿珍一看情形不對，想起爹娘出門前再三交代的事，可小妹妹卻轉眼就忘，阿珍趕緊伸長手臂一手拽住妹妹。

「妹啊，妳忘記爹娘出門前交代我們的話了嗎？」

小妹妹仰起頭巴巴看著姊姊，眼神裡滿是掙扎，她沒忘記爹娘的話，可屋外那老婆婆一定是極相熟的人，否則怎喊得出她們的名字？小妹妹在姊姊耳畔說：「門外一定是我們的什麼人，不然她怎麼知道我們的名字？」

聽妹妹這麼一說，阿珍也躊躇了，但很快她就恢復了理智，想起爹娘出門前的囑咐。

「但是阿爹阿娘說無論什麼人都不能開門哪！」

半晌，老虎見屋內都沒半點動靜，把耳朵貼近門扇，聽見這對小姊妹說的話，計從中來忙不迭地朝屋裡喊著：「阿珍阿英快開門哪！我是妳們的姑婆，我帶好吃的花生來看妳們了。」

門扇後的阿英一聽有好吃的花生，情不自禁地口裡生津，她們自家雖也種了花生，但阿娘總說花生是要賣的，久久才有一小碟上桌配飯，這時聽著有花生可吃，整個人樂得輕飄飄，直往門扇撲去。

姊姊拉也拉不住她，眼看小妹妹就要拉開門栓，姊姊急中生智，一把將妹妹拉到窗戶邊，在她耳畔輕輕吹著氣聲：「我們先看看屋外是人還是壞東西？」

妹妹隨著姊姊從窗縫看向屋外，暗沉沉的天色所有事物看來都灰濛濛，她們看到那自稱姑婆的形體，乾乾癟癟佝僂的身軀，看起來十分老邁，頓時生起幾分同情。

「阿姊，妳看是姑婆吧！那麼老了，怎麼可能是壞東西？」

阿珍仔細看著屋外那老婆婆，一雙腳大得很，看來也是辛苦莊稼人，解脫了纏小腳的苦罪。

「但不對啊！這姑婆怎麼裙襬下有個毛茸茸的東西，妹啊！妳看看。」

姊姊這疑惑不巧被虎姑婆拉長的耳朵聽進了，略略閃個身忙用前爪塞好自己那條毛茸茸的長尾巴，心裡還生出幾許懊惱，怪著自己一時疏忽忘了這關鍵部分。

阿英貼著小窗縫睜大眼睛很認真地看著，明明長到拖地的裙子露出的是一雙大腳，哪有什麼姊姊說的毛茸茸尾巴？

「阿姊，沒什麼毛茸茸的東西啊！」

「小寶貝啊，快開門哪，姑婆真帶來了花生唷！」老虎攤開手掌露出花生，還故意將手推得距窗戶近一些。

小妹妹猛吞口水，姊姊被感染得也快按捺不住了。

「阿珍阿英，乖孩子，我拿花生的手快凍壞了，妳們快開門呀！」

「好孩子，快給姑婆開門哪！」

「小寶貝……」

屋外虎姑婆聲聲催，拉扯著兩姊妹的心，阿英再也忍不不住了，右手探出姊姊腰際，摸著門閂便推向側邊，咿歪一聲，兩扇門板往兩側一搖晃，整個門戶大開了。

虎姑婆見狀大欣大喜，一個箭步提起腳蹄要跨進屋裡，同時間姊姊大驚大慌，忙要再掩上兩扇門板，但一切都來不及了。

虎姑婆已進屋了。

虎姑婆原只想看看這家裡有沒什麼可吃的牲畜，哪知這家人真是窮到要被鬼抓去，屋裡空空如也，沒什麼可吃，除了這對長得乾乾瘦瘦的姊妹。

虎姑婆本沒想吃這對姊妹，可是一個念頭浮現，這對姊妹家生活條件這麼差，與其繼續過苦日子，不如讓她們早死早超生，下輩子去有錢人家投胎。

雖然虎姑婆已經如此飢餓難忍，但牠也不想驚嚇到小孩，牠打算讓小姊妹在不知不覺中成了牠肚囊中的食物。

於是，牠讓姊妹吃了幾粒花生，再催著她們上床睡覺。

「阿英年紀小，姑婆陪妳睡。」

「好啊！」阿英可愛死了這個慈祥的老姑婆呢！

夜裡，姊姊輾轉難眠，起身輕手輕腳摸到隔壁房間，掀起門簾偷偷看著，看見虎姑婆正啃著東西，還吃得津津有味。

「姑婆，妳在吃什麼啊？」阿珍壯起膽子問。

「我吃……花生哪！」

阿珍納悶了，吃花生哪會啃得嘎嘎作響，再仔細一看，地面上滿是骨頭。姊姊這下恍然大悟，床榻上的是壞東西！牠把妹妹給吃掉了。

現在怎麼辦呢？

阿珍既悲傷又憤怒，她想衝進去宰了虎姑婆，可她沒有失去理智，想到自己力量單薄，如何能扳倒虎姑婆，怕是連她都會被吞下肚了。

急中生智，她想到一個法子。

她匆匆跑到屋後，聲響驚動了虎姑婆，虎姑婆在房裡發出疑問：「阿珍哪，妳要去哪裡？」

阿珍搗著胸口，擔心蹦蹦跳的心臟跳出來誤了事，她深吸一口氣故作鎮定地回答虎姑婆。

「我要去茅房。」

「那快去快回喔！」

虎姑婆不疑有他，繼續啃著阿英。阿珍一奔到屋後忙生火燒油，她得收

拾虎姑婆這壞東西，她要為妹妹報仇，也不想再有小孩像阿英這樣被牠吃了。

虎姑婆等了好半天沒見阿珍再回屋裡，索性起身尋到屋後，哪裡有姊姊的影子？

她早架了梯將燒滾的油端上樹上，撤了梯之後自己也爬上樹，現正居高臨下看著虎姑婆的一舉一動。

「阿珍哪，妳在哪裡？快出來，別跟姑婆玩捉迷藏了。」

在樹上的阿珍恨得牙癢癢，但她沒出聲。

「阿珍哪，妳在哪裡……」

虎姑婆邊喊邊移動身子，當牠走到樹下，阿珍立刻把握最佳時機，將油鍋往虎姑婆的頭倒下。

「唉唷唷……疼死我了……」

這是個月黑風高的夜晚，待萬籟俱寂之後，阿珍悄悄滑下樹幹，地上哪有虎姑婆身影，只有一套唐衫衣裙和頭巾。

她好恨哪！

三、牧童進財出粿了

清朝乾隆年間，漢人繼凱達格蘭族之後，也開始進入基隆河岸墾荒，並在與凱達格蘭族相對的基隆河南岸建立村莊。後來清政府設置了水返腳汛，此地開始有官兵進駐，因此商旅往來更加活絡，聚集此地墾荒的民眾也逐日增加。

當時，水返腳的新移民除了在河谷平原從事農耕外，也會在四周的山坡地栽種樟樹，部分移民便受雇砍伐樟樹蒸煮樟腦，工商日漸繁榮。民眾來往水返腳有些是沿著基隆河岸行走，有的則是乘船在基隆河上航行，不過船隻能否航行就得視河面水位高低而定。進入水返腳之前，會先經過樟樹灣庄，此地即是因蒸煮樟腦的移民集結而形成一個庄。

這些都是進財從阿公那裡聽來的家族遷徙史，阿公從干豆（今關渡）來到水返腳（今汐止），最早就是住在樟樹灣庄，跟著伐樟樹煮樟腦的行列，後來才又往山裡遷居，遷居的原因是清廷和法國人打仗。

當時光緒十年（西元一八八四年）法軍侵台，登陸淡水、占領基隆，法軍前鋒直抵基隆河北岸，因梅雨季節到來，基隆河水泛濫，法軍無法渡河，在那戰役裡，水返腳因而成了抗法戰爭的前線。

「嚇死人喔，那陣子和紅毛外國番打仗，槍子是沒長眼睛的，我和你阿嬤有多害怕被紅毛仔的槍子打到。想一想還是遷走換地方的好，要不然我們唐山過台灣，從泉州來到這裡生活都還沒安穩，如果就這麼沒命了，不就了然了？」

「為著顧性命，那一季你阿公沒向頭家拿工資，我們一家子就向深山跑了，人家走到哪裡我們就跟著人家走到哪兒，也才會這時住在這裡了。」阿嬤接著補充。

「啊，人就向小鳥一樣四處飛。」阿公說得毫無情緒。

「唉，誰知道清朝政府這麼無路用，打紅毛番才過十年而已，就又輸給日本人，還將臺灣割給日本，真是沒用、丟臉……」

阿嬤還想繼續發牢騷可卻被進財阿爸硬生生掐斷了。

水返腳的住民之所以感受最深，那是因為日本接收師團在十年後（西元一八九五年六月）進占水返腳，師團長能久親王由此地進入臺北城，開始日本在臺長達五十年的統治時期。

「阿娘，妳不要再說了，如果被日本巡查聽到，被拉去分駐所鞭打可就慘了。」

「那些四腳仔……」[4]

「阿娘……」

「清河叫妳不要再講了，妳是沒聽見嗎？」

阿爸和阿公的聲音重疊一起，加重了警告的意味，小小年紀的進財被那

4 四腳仔：對當時日本警察的貶稱。

詭異的氣氛嚇壞了，張口結舌望著大家。

阿嬤到底是疼進財的，趕緊閉了嘴，上前攬住進財，不停安撫著，「不怕、不怕，進財不怕。」

但阿嬤還是有不吐不快的事。

「從山裡下來的虎姑婆更可怕呀……」

阿嬤突然迸出這一句，進財聽來沒頭沒腦，但看見其他家人臉上驚惶神色，不需開口問，也知道虎姑婆絕不是好東西。

「哎呀，妳真是老番顛，總撿這些讓人害怕的事說，我們現在都已經是住在石角庄了，離以前的深山林內可遠了，不會有虎姑婆來吃小孩。」

阿公這話結結實實聽進進財耳裡，一顆心不免怦怦作響，虎姑婆吃小孩？這什麼事啊？

那天之後，進財有事沒事纏著阿嬤問虎姑婆吃小孩的事，慢慢整理出一個輪廓。阿嬤說的虎姑婆是多年前從山腳下傳到庄子裡，都傳說是有一家姊妹在父母不在的夜晚，禁不住門外虎姑婆的苦苦哀求和甜言蜜語，開了門放虎姑婆進屋，半夜裡妹妹被虎姑婆生吞下肚，姊姊察覺異狀後心生一計，藉口到屋後茅廁解手，順勢燒滾一鍋油架到樹上，用計將虎姑婆引到屋後，趁機就將那鍋滾燙的油從虎姑婆頭頂澆下。

後來人家都說虎姑婆被這聰明姊姊制伏了。

西元一九二〇年，日本政府實施街庄制及市街改正，水返腳因此改名為汐止，隸屬臺北州七星郡汐止街。

比起深山，汐止街可整齊熱鬧了。

進財家只他一個男丁，在他四、五歲時，父母和阿公阿嬤都禁不起虎姑婆的傳言，索性跟著部份從山裡出來的住民轉啊轉的就來到石角庄。

一家三代緊密一起辛勤努力，進財小小年紀幫著撿拾蝸牛為家裡加菜。村夫鄉婦不問惱人家國之事，日子便這麼無聲無息地度過了。

照理說，進財只知汐止不知水返腳，但阿公和阿嬤常說起水返腳風光多麼秀麗，說得他也好喜歡水返腳這個地方，聽久了早忘了虎姑婆的存在，只一心神往水返腳的年代，想著什麼時候能從石角庄回水返腳看看？

「阿嬤，妳再多說一些水返腳的事情嘛！」進財求著。

「水返腳啊……沒什麼好說的，都是山啊！」

「可是……妳和阿公說的我都沒看過……」

「水返腳就水返腳，也沒什麼好看的。」

「可是人家就想聽嘛……」

進財一直廬著，阿嬤想起好長一段時間，一入夜水返腳的人家無不提心吊膽，深怕虎姑婆夜裡又來吃小孩。他們也是怕，才避走到此地的啊！

「進財，你常常問起以前的事情做什麼？那些都已經是過去很久的事情了，你生活在這個年代，知道這個時代的事情比較重要。」阿嬤這麼說。

「不過妳和阿公說的水返腳好像很漂亮，我好想能看上一眼。」

「傻孩子，時代在改變，人和景物都是會變，以前那些……已經沒得看了。而且後來有虎姑婆會吃小孩的傳說，那裡不漂亮了。」阿嬤一逕語重心長地說著：「何況我們是歹命人，無田無地也無山林，只能替頭家耕作，一年到頭忙得要死，哪還有閒時間去想從前，這時的肚皮照顧好比較要緊，知道嗎？」

阿嬤說的也是實情，日漸長大的進財看到阿公阿嬤和阿爹阿娘日日辛勤耕種，一心一意要為地主攢積多一點收成，地主收成一多，他們這些佃農自然也能多分些米糧。

可大多時候是老天不作美，不是雨水過多，就是過於乾旱，有時還有防不勝防的蟲害鼠害。

幾年來填得飽肚子的時日不多，挨餓受凍的時候居多，幾次吃不飽飯時，進財也忍不住怨天尤人，兼再嫉妒主人家。

「不公平，老天爺不公平，為什麼鄭家就是地主就有大宅可住，三餐都有雞鴨魚肉可以吃？」

面對進財這樣的發洩，阿公便又是從自家上一代從福建來台灣討生活說起，企圖讓進財明白「落土三分命，富貴天注定。」

可這道理實在太深，進財一知半解，他也想就這麼認命，但心眼裡則是端著一鍋沸騰熱湯。

進財不懂的是，為什麼這個庄子裡大多數的人都像他們一樣，是為地主耕種的佃農？這樣的人家都是摸黑起早，巡田水、除草、抓蟲樣樣都不省心，只因田裡的收成和他們的生活息息相關。

難道他們佃農生來就是賤命？

雖然阿公再三強調「萬般皆是命、半點不由人」，但阿公也說了：「一枝草一點露。[5]進財，我們這時雖然窮，但只要認真努力，老天一定會給我們一條路，人家說天無絕人之路就是這個意思。」

阿公這說法進財壓根不同意，哪是天無絕人之路？就拿庄尾那家蔡姓佃農來說，因為家裡孩子多，可他們承租的田不多，自然分到的糧食就少，平日就已是營養不足，上個月一個孩子因為生病沒錢送醫救治，就那麼死了。

這不是老天絕了那小孩的路嗎？

不只阿公逮到機會就開導進財，阿嬤也樂觀看待清苦的生活，阿嬤說：「這個世間啊，有時星光，有時月明[6]，你明白嗎？進財。」

阿公阿嬤的話進財雖然聽得迷迷糊糊，但他知道無論他如何埋怨，阿公阿嬤如何開導，他還是得把鄭家的牛顧好，才可以換一些米糧回來。他很清楚自己如果沒好好放牛，可有一大堆小孩等著幫鄭家放牛呢！

從阿公的敘述裡進財知道自己的祖爺爺唐山過台灣，沒錢沒勢，沒辦法和大戶人家一樣合股組個墾號，只能和大多數佃農一樣受雇於墾號的墾主，幫著拓墾荒地或耕種農田，到進財這時已是第四代了，一家生活卻仍然清苦。但受限於單薄人丁，也沒能承租大一點的地。

相較之下，阿香她家更苦了，她們一家也才爹娘和阿香姊妹共四口人，

---

5 一枝草，一點露：台灣諺語，意為一枝小草，都會得到一滴露水的滋潤。隱喻為天無絕人之路，天生我材必有其用。

6 有時星光，有時月明：夜空中有時星光燦爛，有時月光明亮，隱喻人生際遇各有好壞，月光總有黯淡時，星星總有發亮時。

爹娘兩個人能耕種多少田地可想而知，這也就難怪阿香得在家幫著養一窩豬了。這麼想，進財對於自家的情況也就寬懷一些了。

在石角庄落腳四年，阿公阿嬤和阿爸阿娘兩代四人合著幫鄭家耕種。進財八歲年紀時若跟著下田，阿爹嫌他手腳慢，阿嬤則是不捨他日曬雨淋，可放他一人只是在家閒晃，一來怕時日久了晃蕩成性，二來若想起虎姑婆吃小孩的傳說還是擔心，後來阿爸直接就跟鄭家的管家拜託，請管家同意讓進財幫著鄭家放牛。

「管家，你看我家進財長得也還壯碩，好不好讓他幫著頭家照顧一頭牛？」

「放牛？」管家思索了半晌說：「你家進財能嗎？他做得來嗎？」

「管家，牛得讓進財放了，不就知道他能不能？」

鄭家管家心胸寬廣，少與為鄭家家業付出勞力的雇工不愉快，若是他能力所及，能幫上忙的他也盡量幫忙這些為家主辛勞的佃農雇工。

因著這樣的因緣，進財也才有機會開始幫鄭家放牛。進財最初只幫著鄭家放一頭牛，因為用盡心力照顧得好，牛隻養得又大又壯，後來鄭家的管家乾脆讓他照看兩頭牛，幾年下來，進財自有一套放牛吃草的撇步，也和牛隻培養出超乎尋常的感情。

為鄭家最初看顧的那頭牛，進財給取了「阿牟」的名字，因為剛開始放養牠的時候，這頭牛很愛仰頭牟牟叫個不停。一年之後管家多安排一頭牛讓進財放養，這第二頭牛斯文一點，阿牟頻頻出聲時牠都只靜靜吃草，幾次之後，進財覺得這頭牛特別不一樣，像是修行到了某個階段，完全不理會凡間俗事，平常他不用下達口令，只需手一揮一比，這頭牛就明白進財的意思。這種超乎言語交流的互動，進財非常喜歡，但進財還是給牠取了個名字，叫「阿靜」。

夏天裡，進財會帶著兩頭牛到溪裡泡水，他自己也跟牛一起下到水裡，山裡沁涼的溪水果真消暑，進財瞇著眼睛看牛隻，越發覺得牠們可愛。

「這樣泡水舒服喔？你們要乖乖多吃草，長得壯一點，管家歡喜頭家歡喜我也歡喜。」

進財兀自說得嘴角冒泡，阿牟一貫的牟牟兩聲似是認同，原是蜷縮溪裡的阿靜則仰起頭怔怔看著進財，看得進財怪不好意思，進財從水中浮起，雙手向阿靜撥去水花，故意反問了阿靜：「我說錯了嗎？你泡水不舒服嗎？還是你不喜歡長得壯？」

阿靜頭一扭看向別處，進財實在覺得無趣，划過阿靜身旁拍了牠一下，「你真不好玩！」此時阿牟接連牟了兩聲，這兩聲讓進財心眼又亮了起來，速速飄向阿牟那兒，雙手環抱阿牟頭頸作撒嬌狀，「還是阿牟明白我，阿牟，你真可愛。」

牟牟，阿牟又送兩聲給進財，進財高興得直在溪裡拍水花。

「進財啊，你不要讓牛泡在水裡太久，我剛從山上下來，上面的山裡已經下起雷陣雨，等一下大水沖下來的速度是很快的，會快到讓你來不及把牛拉上岸，牛被沖走，你也別想活了。」

忙完山裡墾荒荷著鋤頭路過看到這一幕的阿伯好心提醒，進財聽進耳

裡，想起阿公阿嬤說過「老人吃過的鹽比小孩吃過的米多」，老人家的提醒可不能漠視啊！於是他趕緊跳上岸，不忙著自己先穿衣褲，而是先將阿靜拉上岸，回頭再去拉阿牟，阿牟不像阿靜那般好性好使喚，除了愛牟牟叫牠還會使小性子，夏日泡涼得舒爽牠可愛著，此時要拉牠上岸就費了進財好大一番工夫，又是輕哄又是讚美又是推拉，好不容易才讓牠把四隻蹄子都踏上岸，就在阿牟的左後蹄跟剛剛踏上岸邊，便一陣震耳「啪啦……」湍急水流從上游沖刷下來，進財驚魂未定，生怕那溪水湧出岸邊把阿牟的後腿拉下去，他死命的拉著阿牟的鼻環要阿牟遠離溪邊。

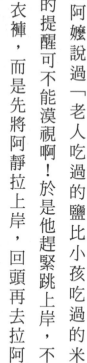

那回進財真嚇壞了，損失也不小，他那滿是補丁的衣褲被大水帶起的風給捲進水裡，不知遊歷到何處去了。

後來，進財野地裡摘些藤蔓圍在腰際，用那些枝葉遮蔽下身，還故意等到天頂罩下黑布幔，才趕著牛回家，仍是沒少遇見庄子裡上山墾荒的大人和同是放牛的孩子。

「進財，你這是怎麼了？下半身圍成這樣？」

「進財，你和牛一起下水泡澡，褲子被溪水沖走了啊？」

「進財，你回去會被你阿娘罵死

了啦，放個牛也把褲子放走了，哈哈哈……」

那晚，進財果然少不了一頓責罵，小庄子傳得也快，沒幾天進財放牛放到光著屁股回家的傳聞就人盡皆知了。

那之後，當進財向野外去放牛時，時不時會有人揶揄他：「進財，可別再光著屁股回來喔？」

進財雖是恨得牙癢癢的，但也沒話回應，那可是生平一大恥辱，他想著有朝一日一定要有一番作為好雪這個恥。

四、驚天轟雷嚇病了

某日午後，進財躺在山坳大石頭上，口裡含著一根小草，遠遠看著山坡吃草的阿牟和阿靜，想著如果這兩頭牛是自家的，出租給人犁田耕作，可說是不費吹灰之力就可以賺上一筆錢了。

進財正陶醉於白日夢時，轟天一聲悶響，把躺著的進財彈了起來，遠處的阿牟回應那聲悶響似地牟個不停，而且越牟越躁動，阿靜則是回轉過頭遠遠看著進財，一動也不動的模樣宛如老僧入定一般。

那聲悶響，進財起初以為是驚天大雷，可當他抬頭看天時，天空潔淨如剛洗過一般，並沒有劃出什麼光亮。正疑惑著，他轉頭看向後方的山，那當下瞥見遠處一個山坡出現了一頭老虎。進財以為自己眼花了，抬起右手頻頻揉著眼睛，老虎正一步一步朝他這方向緩慢移動，越來越近，眼看再幾步就要逼近自己這裡了。

進財忽地想起這兩頭牛可都不是自己家的，萬一牛隻被老虎叼走了，或是有什麼損傷，自己拿什麼去賠給鄭家，慌著想著也一步步倒退至兩頭牛的前方。正緊張傷神手足無措間，從遙遠天際直直向他這方向畫下一道白光，恰恰閃到老虎前腳跟前，那隻老虎不得不停止向前。那道光之後緊接著老天彷彿氣急敗壞似地轟隆轟隆作響，這回是千真萬確的打雷，雷聲之大響徹雲霄，然後劈哩啪啦下起滂沱大雨，老虎被這聲雷嚇得轉身跑上山，進財回過神來心還忐忑著，沒多想也一刻不敢多逗留，奔向阿牟和阿靜，拉起牛鼻上的繩子，一人兩牛雨瀑裡啪搭啪搭醬著爛泥狂奔趕回村子。

才一進村子，進財便扯開喉嚨大叫：「街坊鄰居阿公阿嬤阿伯叔叔阿姨嬸嬸大家注意啊，山上下來了老虎……」

那天夜裡進財發燒了，夢囈裡直喊著老虎來了。

那天老虎被那突如其來的一道白光給嚇得轉身就跑，一路狂奔至深山才放緩了腳步，想起那道白光轟天雷，不過就是天神放響屁，摩擦什麼東西擦出亮光，我怎就先嚇了自己啊！

這時的老虎心裡不無懊惱，才剛巧看到一個小孩兩頭牛，本還沾沾自喜沒多費心力，就能讓這一向餓得癟了的肚子有飽食的機會。

可還是陰錯陽差了！這讓牠發怒啊！悶著頭嗚嗚吼了幾聲，心裡臭罵著：這什麼天哪！好端端地打起一陣響雷，是見不得我能有豐厚美食啊？

老虎還在生氣，氣呼呼地提起腳蹄亂蹦亂踢亂踩，也一逕磨著滿口虎牙，牙根咬得死緊，就要留出汁液了。腳蹄踢撞到一顆大石，踉蹌了一下整個伏臥地面，泥濘地面的幾許涼意，才讓牠稍稍冷靜下來，禁不住也怪起自己了：不過是閃電打雷就慌了手腳，怪得了誰呢？

只是這下子可好了，什麼都沒有了。

「不要過來、不要過來……我的牛……我的……阿牟……阿靜……」

陣雨過後，夜清涼許多，不需葵扇搧個不停，屋外或遠或近傳來陣陣蟲唧，若在平日那是伴人入眠的安神曲，可此刻聽來似是附和進財斷斷續續的夢囈，兩相合拍，更是緊揪著一家老小的心。

「好，不來、不來……壞東西走開……」阿嬤俯下身子握住進財頻頻舞動的雙手，試圖使他安靜下來，看到進財連睡夢都驚慌的模樣，整個心神不寧眉頭皺得麻花捲似的，還刻意不說出「老虎」兩字，只說了壞東西。

「你們說進財到底怎樣了？怎麼今天出去放牛回來就變了樣？」阿嬤問。

「今日下午進財不知遇上了什麼妖魔，從回村子後就胡言亂語著老虎來了，晚飯桌上又整個失神，才扒了幾口飯就說他吃不下，想睡了，可看他這樣子也睡不安穩……」進財阿娘也是憂心。

「我和阿爸做完田裡的活在回來的路上，遇上了庄尾張大頭的老婆急著要去喚大頭回家，張大頭的老婆直嚷著『你家進財說老虎下山來了，我要叫我們家大頭趕快回家。』」進財阿爸這樣說。

「進財當真看到老虎了？」阿公這樣問。

「誰又知道了？可是現在看他睡覺不安穩一直說夢話，這樣子恐怕進財真是看見了壞東西。」

「阿娘說的是，這孩子真讓人擔心……」

進財到底夢囈些什麼，床邊的家人沒能聽出梗概，可是就算大家都不甚明白，只瞧見進財那模樣就委實心疼不已。

「阿娘，妳聽聽進財都說些什麼？他叫那兩隻牛做什麼？」進財阿娘想從阿嬤那裡得到一些說法，卻也無解。

「這孩子可別是被山裡什麼妖魔鬼怪給嚇著了啊！」阿嬤更是一臉愁

容。

阿公阿爸仍得下田耕作，進財放牛的活這幾日就他阿娘幫著照看，家裡留下阿嬤一人陪著進財。白天天氣晴朗，阿嬤在床榻旁邊揀菜邊和睡睡醒醒的進財說話。

這天晌午過後，老天不預警地敲起鑼來，莫說進財被那響雷敲得一驚一乍，阿嬤也常因突如其來的閃電雷聲而慌了手腳，打翻菜盆子、跌下小凳子。這些也都還是小事，起個身拍拍後背大腿，或是撿起菜葉放進菜盆子，當什麼事都沒發生過的繼續做著該做的事。

可一連數日，午後的這場雷陣雨，偏偏都是雷聲震天雨勢驚人，總在片刻之間就乒乒乓乓降下傾盆大雨。豆大雨珠打在茅草屋頂「咚咚」作響，宛如千軍萬馬的老鼠部隊踩著茅草快速變換隊形，無影無形的士兵屋頂操練次數一多，雨又下得過急過大過猛，原本紮牢的茅草屋頂也禁不起如此這般凌虐折騰，屋內可就有一道道細小水瀑從天而降了。阿嬤忙放下手邊工作，趕忙張羅接漏雨的瓦盆瓦罐，家裡的瓦罐瓦盆數量有限，真照顧不來時，阿嬤也只能望之興嘆。

「老天爺啊！祢也睜眼瞧瞧，我們是這樣窮苦的人家，我一家幫地主種田，孫子沒能讀書，小小年紀也得給地主放牛，可現在不知道被什麼妖魔鬼怪給嚇得昏昏死死去，祢沒能幫我們讓孫子還魂，還下起這麼沒天良的大雨，叫我們怎麼活啊？」阿嬤連聲抱怨，末了甚至喃喃說道：「虧我們還每年農曆正月初九拜天公……」

阿嬤其實還想往下向老天討人情，可在不經意地瞥眼間，看見進財從床鋪上坐了起來，朝她咧嘴笑著。

阿嬤一則以喜一則以憂。

屋頂上仍是澎澎雨聲，阿嬤聽來彷彿什麼人在屋頂上擊掌，忍不住抬頭瞅了瞅，是這聲音把進財喚醒的嗎？

阿嬤想不明白的是，進財打從那天暴雨裡狂奔回來後就不對勁，偏偏是這夏日午後雷陣雨又是接連著下，進財也就連續昏昏沉沉醒醒睡睡了幾天。

是生病也雷陣雨？痊癒也雷陣雨？那這雷陣雨也太神了吧？

這會兒進財莫名其妙清醒過來，還直對著阿嬤笑？阿嬤著實回應不了，結結實實愣住，也顧不得拿瓦罐接漏雨了。

「阿嬤，我好餓，我要吃粥。」

一聽進財說餓，阿嬤先是腦筋一片空白，又聽他說要吃粥，半晌才回神過來，忙回應著：「肚子餓，喔，好好，阿嬤來煮粥給你吃。」

正在此時，村子口陳家女兒阿香一身簑衣，懷裡摀著一個小陶鍋，彷彿從水濂洞出來的女孩。

「進財阿嬤，我阿香，我捧粥來了。」阿香門外喊著。

「喔，阿香啊，進來進來，謝謝妳喔！」

真是及時雨啊！阿嬤這麼想，

同時也迎上前來，進財更是一骨碌翻下了木板床，一腳踩進了屋裡小水窪，濺起一朵朵水花，打在他身上，瞬間身上綴滿大大小小水珠，別有一番氣象。

阿香看到進財突然從床榻躍起，高興著他的康復，笑吟吟地上了前，雙手一伸，送上了小陶鍋，進財也老實不客氣地接了過來，小鍋蓋一掀，順手再遞給阿香，仰頭就咕嚕咕嚕喝下肚。

阿嬤和阿香一旁看著不無歡喜，阿嬤想著阿香這幾日送來的粥，果然有大效用；而阿香則是為進財有大好胃口吃她熬的粥而高興。阿嬤又想「人是鐵，飯是鋼」[7]，從進財胃口大開看來，是整個恢復了。而阿香則感受到進財將又會是生龍活虎了，她們家可是好幾日沒吃著美味的野菜了。

這些天，阿香每天下午都會捧去一碗精心熬煮的粥，一小撮米和著番薯、芋頭，再將一塊拇指大小的豬肉剁得細碎，加入一起熬到爛熟見不著米粒、番薯和芋頭，再送去請阿嬤餵進財吃。

阿香家裡的人再心疼也由著阿香做著這事，因進財常為阿香家加菜，知恩圖報本是做人根本，只是那一丁點肉末還是會讓家人想著便心痛。阿香自己其實沒多想其他，她不過是想著老一輩常常說的話，「吃人一口還人一斗」[8]，既是要對人家好，怎還捨不得一小塊肉末？

他們倆的相識是因為打進財開始為鄭家放牛，便經常在村子口看見一個女孩在草地上扒抓野生植物，一回兩回看著好奇，便開口問了。

「欸，妳摘那是什麼？」

「豬母乳[9]。」女孩回答簡潔。

「妳摘……豬母乳做什麼用？」進財第一回聽到這名忒是奇怪。

「養豬啊！」

7　人是鐵，飯是鋼：台語諺語，比喻吃飽飯了才有力氣。

8　吃人一口還人一斗：吃了別人的一口飯，要報答送一斗米。比喻受人恩惠，要加倍回報。

9　豬母乳：常見於農地或荒地，早年台灣農家養豬戶，為節省飼料開銷，採摘代替飼料或番薯葉。

兩個人就這樣你一言我一語的漸漸相熟，再下次相見便互相問了名字，然後遇上都會寒喧幾句，說的是妳家的豬我放的牛，再多說一些就透露了彼此的家境，阿香有時微微心悶，為的是自己採摘的豬母乳不夠豬隻食用，就得加一些豬菜（地瓜葉），可豬菜通常也能是餐桌上的一道菜。

阿香的憂心進財放在心上，於是放養阿牟和阿靜時也不時留意荒野裡可食用的野菜，最初採的最多的是過貓（蕨類），不然就是臭臊草（錢菜），慢慢體會到阿嬤說過的話「一枝草，一點露」，老天有好生之德，早幫他們準備了這麼多各式野菜。有時放牛途中還很幸運地發現野生拔仔（番石榴）、桑材（桑葚），他也是會採摘一些，除了自家食用，另外也會分送給阿香家和其他鄰人，進財抱持的是有好東西就大家一起分享。

進財每每採摘都適量就好，阿公說過「留一些給別人」，也的確是該這樣做，他有記憶以來，住在石角庄也常是別人照看著自己一家，日子雖不是過得特別舒心，但也無災無禍，還得主家照應。像他病倒臥床那幾日，鄭家就通融讓他阿娘幫他放牛，管家還給阿娘帶回了幾尾溪哥，說是讓家裡薑絲煮湯給進財加營養。

溪哥是溪裡的魚，阿公和阿爸偶爾也會去溪邊釣魚給家裡加菜，曾經帶過進財同行，阿公總會把特別小的魚再放回溪裡。

「阿公，你怎麼把那條魚再丟回溪裡？到手的魚為什麼要放掉。」進財不明所以地問了。

「那魚還太小，讓牠再長大一點。」阿爸先一步簡單回應。

「為什麼？」

「如果牠是母的，長大了會生很多魚，你說好不好？」阿公這樣說。

「當然好啊，這樣就有吃不完的魚了。」進財拍著手。

「但如果我們每次都把釣到的魚帶回家吃掉，這溪裡的魚……」阿公故意停頓下來。

「這樣……這條溪的魚就會……越來越少……」

「對，所以做人不能貪心，夠吃就好，留一些給別人，其實也是留著以後的存糧。」

阿公的話深深烙印在進財心裡，不只對溪裡的魚如此，對埤塘邊捕捉到的四腳仔（青蛙）亦如此，山坡野地的野菜野果也不貪多，大雨過後滿山遍野的蝸牛他也撿拾足夠的分量便罷手。

一場病來得莫名去得也莫名，但無論如何進財又能活蹦亂跳了，病一好，想的都是他的阿牟和阿靜，不管阿嬤和阿娘如何勸阻，他都要趕緊回去放牛。

「進財，你不要急，牛阿娘放養得很好，管家是這麼說的喔！」

「是嘛，進財，你就聽你阿娘的，讓你阿娘再多放幾天牛。」阿嬤也跟進勸著。

「阿嬤、阿娘，妳們放心，我已經好了，可以去放牛了。」進財拍拍胸埔拍拍雙臂，「我現在健壯如牛了，哈哈。」末了的笑聲充滿飽足精神，一副銳不可擋的樣子。

「你這孩子說些什麼呢！」阿娘瞟了進財一眼。

「再多休息幾天嘛！」阿嬤還想說服進財。

「再休息骨頭就硬掉了，我還是趕快回到草地跑跑跳跳，這樣以後再看到老虎才跑得快啊！」

「呸呸呸，說什麼老虎？咱們石角庄不會有那種壞東西。」阿嬤朝地上吐了幾口口水，「那幾天阿香送粥來，她說一定是那天雨下太大了，你眼花，自己嚇著了自己，還嚇出一身病來。」

「你們不相信？我那天真是看見老虎了，老虎本來想吃阿牟和阿靜，是那場及時的雷震雨把老虎嚇退了，不是我被大雨嚇壞了……」

進財還想說，可是再一想，地方上的人從來沒見過老虎，該怎麼讓大家相信呢？

五、有了新點子

大病初癒，進財恢復放牛的第一天，雖不時會憂心山上衝下一頭老虎，可多日不見的山野宛如張開手臂歡迎他，他總覺得滿山的草，青的更青，綠的更綠，高到觸摸不到的天則是藍的更藍，就連那時而飄忽而過的白雲，都潔白如漂過似的。

進財整個心情大好，警戒心漸漸消失，甚至也開始自我質疑了起來，「那天……我是不是真眼花……看錯了，根本沒有老虎？」

於是，伴著阿牟時而發出的牟牟聲中，進財跳著跑著四處採摘野菜野果，不由得筋骨舒暢了起來，想著還是這片廣大草原最適合他，人生若能永遠這樣該有多好！

進財摘著野菜，想著自己生病這些天沒給阿香送菜去，她們家餐桌上定是只有鹹死人的蔭瓜和蘿蔔乾，這念頭讓進財更卯足勁地採摘，好像要將過去幾天沒摘的份也補回來，好回報阿香在他生病那幾日熬粥的好心。

「進財，回來放牛了啊？病都好了嗎？」遠遠路過的村人送來關切。

「都好了，謝謝福伯。」

「你摘什麼呢？」

「摘些過貓回去煮。」進財回話後又開口說：「福伯，也帶些回家煮。」

進財捧起剛剛採摘的過貓快步跑向山徑上的福伯，福伯笑瞇瞇地接過，不忘提醒進財天將晚了。

「太陽快下山了，太陽一下山這荒郊野外暗得快，你得快把牛趕回去喔！」

「我知道。」

進財抬眼一瞧，西天那顆圓球彷彿著急回家似的，已快速挪移到山坡樹梢，而且跑得滿臉通紅，紅透了半邊天。

福伯所言不虛，看來真得準備趕牛回去了。

「進財啊，快點回家喔！」走遠的福伯不忘回頭再叮嚀一次。

「福伯，我馬上就趕牛回去。」

進財恢復過去的日常，但對照以前放著讓牛隻跑遍整片草皮，現在的他是亦步亦趨謹慎小心，隨時留意阿牟和阿靜的動靜。

進財總會不經意便想起阿嬤說過的虎姑婆傳說，但阿嬤說的虎姑婆是出沒在夜黑風高時候，而且都找小孩下手，而自己看到的是想吃牛的老虎，牠們會是同一隻嗎？

這些事進財無法釐清楚，但進財很清楚自己的家境，一貧如洗，阿牟和阿靜無論如何牠得好生照顧，況且照顧久了，他也早已將阿牟和阿靜隻看成是自己家人，甚至看得比自己的生命還重要，倘若真再遇見老虎，無計可施時他寧願自己葬身老虎口中，也不願讓那兩頭牛受到一丁點傷害。

但再想想，無論是老虎還是虎姑婆，自己有必要就這樣棄械投降嗎？難道每天除了貼身看顧阿牟和阿靜，就沒有其他的法子嗎？

進財日日絞盡腦汁，想方設法要找出萬一再現虎蹤時能一舉擊退老虎的撇步。

某日，他累極了想也沒多想就躺下草堆，一時沒細察那處長滿鬼針草，才一躺下從脖子後面到背，再到手跟腳，無一處沒被鬼針草刺痛，那痛讓進財立即翻身跳起來。

也因這刺痛讓進財聯想到，何不收集一些類似鬼針草這般會刺人的東西？

於是，打那天起進財邊放牛邊留意野地裡的各種植物。

有一日，夕陽在西邊天空染起彩霞，進財一時看傻了，沒注意到阿靜草吃著吃著走上了一條小路，待他回神時，只瞧見阿靜搖晃著尾巴正走上一座墳崗，進財忙不跌地拔足狂奔，他知道胡亂踩踏亡者墳頭大不敬，哪怕阿靜只是一頭牲畜，但既是他負責放養，就不能任由牲畜胡來。於是跟上前去忙要拉回阿靜，忙亂中兩隻腳被兩側植物刺得痛極了，痛得他不停踢腳。低頭一看，薄暮裡彷彿撞見了醜陋的小鬼精靈，進財被這一嚇兩隻腳磕磕絆絆踉蹌了一下，差一點一屁股坐下去，慌亂中進財摀住心口趕緊向前跳開，可能是跳得太急，竟是雙膝落地便就跪在一塊墓碑前方。進財不識字，也不知墓中安葬何許人，忙著合掌恭敬禮拜，口中並念念有詞道：「不好意思打擾到您了，我不是故意的，請您大人大量原諒我，真的抱歉抱歉。」

進財起身回頭拉著阿靜快步離去，離去的剎那一念興起，側轉個身抓了一把那剛才嚇著他的醜東西丟進竹簍子，他得好好認識認識這植物，他可是因為這東西拜了不知誰家的墳哪！

進了村子，進財照例先送些野菜野果去阿香家。

阿香家清苦的日子一樣沒少過，和進財爹娘阿公阿嬤一樣，都是為地主耕田的佃農，白天家裡就阿香和阿雲兩姊妹在家，阿香忙養豬的事，阿雲就在大灶生火準備煮飯。

進財朝阿香家的廚房探了頭，看見大灶旁的阿雲，開口喚了阿雲，說了聲：「阿雲，煮飯囉！」

「進財哥，你又拿菜來了。」阿雲回頭正看見進財放下一把菜，忙跟進財說：「我阿姊在屋後餵豬。」

「喔！」進財朝屋後喊了：「阿香，我放了刺莧在廚房口喔！」

「喔，我知道了，謝謝你。」阿香隨口回應了進財。

進財本想轉身就回家，想到方才跪倒某人家墓前的事得和阿香分享，於是朝著阿香家屋後豬圈便走去。

「咦？你怎麼還沒回去？有事嗎？」手握著餿水杓的阿香滿臉狐疑望著進財。

「阿香，我跟妳說，剛剛回來之前我……」

進財口沫橫飛說著那一幕，大約已事過境遷，少了幾分慌亂，多了幾分自我調侃，再加上添油加醋，彷彿說的是別人的事，竟也和聽故事的阿香笑到捧著肚子前仆後仰，還引來了灶下的阿雲。

「阿姊、進財哥，你們笑什麼？這麼好笑？」

「呃……」阿香看看進財，好似要把發言權留給當事人。

「嗯……沒什麼啦，就阿牟和阿靜……」畢竟是出糗的事，進財覺得沒必要讓太多人知道，隨口掰說那兩頭牛，阿雲覺得沒趣轉身就回廚房了。

「阿香妳看，就這種鬼東西害的。」進財小心翼翼拿起一坨遞上前去。

「這個啊，你不要撿回家，那是曼陀羅果，你要記得不能吃喔，我聽我媽說這個東西有毒，不要碰。」阿香快手一撥，整坨醜物被她撥到了豬圈旁，立刻便覺不妥，又一個快腳把它輕輕踢回進財腳邊，「不行，萬一被公雞母雞吃到也不好。哎呀，真讓人頭痛。」

正當阿香頭痛時，進財已想到了一個妙招，這東西既會刺手扎腳的，吃了又會中毒，用來對付老虎不就正好？可這話他沒說出口，悄悄地撿起地上的曼陀羅果放回簍子裡後回家了，以免阿香笑他。

其實，不只阿香，整個村子沒人相信進財，有的人說打從來到這處落腳從不曾見過老虎，再有人說從自己父祖輩那代就居住石角庄，莫說老虎，連個虎影子也沒見過。

進財很喜歡石角庄，這裡的人情味很甜，像扶桑花蜜那樣甜。說起吸食扶桑花蜜，還是阿香教的。

有一回進財送菜去阿香家，碰巧看見阿香和阿雲摘下路邊大紅花，就著花萼處猛吸，那模樣簡直像是吸了瓊漿玉液，看得他丈二金剛摸不著頭緒。

「妳們這是在做什麼？」

進財突然出聲嚇到了阿香姊妹，兩人趕緊把手放到背後，看見是進財才又恢復自然。

「我們在吸花蜜，扶桑花的花蜜。」阿香說明後伸手向前，「嗯，你也吸看看，很甜很好吃。」

那是進財第一次嘗試吃花蜜，果然妙不可言，可他也把阿香的叮嚀記在心上。

「你不要以為每種花的花蜜都可以吃喔，有的花是有毒的，你放牛的時候可不要隨便摘隨便吃，中毒可就慘了。」

「喔，這樣啊！」

幸好那時阿香有這樣提醒，否則難保進財不會野地裡看到鮮豔紅花就摘下來吸上一吸。也是因為這樣，進財才知道有些野菜野果也有毒，阿香告訴他不認識的植物和果子盡量不要碰。但進財到底是每天趕著牛青草一處吃過一處，遇上不曾見的植物機會很高，為保安全起見，只要是第一回見著的野菜野果，他都只採摘一丁點，帶回村子讓阿香鑑定過後，若是無毒可食用的，之後他就整把整把地摘回來。

最近剛識得的車前草，阿香告訴他除了嫩葉可炒來食用，長長的花軸還可拿來玩。過沒幾天進財摘了過貓，回家路途上剛好又發現了車前草，順手就摘了一些。回家前照例先到阿香家，這天阿香一反常態早早等在廚房外，叫進財大感意外。

「欸？阿香今天怎麼在廚房？」

「我阿姊在等你。」阿雲從廚房探出頭來。

「等我？」進財不解。

「你別聽阿雲亂說。」阿香羞紅了一張臉。

「我哪有亂說？你說進財哥放牛放著放著，會不會又自己嚇自己說看見老虎了，然後就外頭一直張望。」阿雲照實說。

「阿雲，妳去生火啦！」阿香推了阿雲一把，把阿雲推進廚房深處。

被阿雲這一說，進財也才想起今天一整個心情大好，完全把老虎忘了，但若硬要說他是自己嚇自己，他可說什麼都不同意。

「阿香，我不是自己嚇自己，那天我是真的看見了老虎。」進財說話的神情十分凝重。

「是我們住在這裡比較久，還是你們李家？」

「這……當然是你們住得比較久。」

「那就對了嘛，我們住這裡這麼久從沒看見過老虎，也沒聽見過什麼人看見老虎過，所以你就別『看一个影生一个囝』[10]。」

「我這不是……」進財想反駁。

阿香不等進財說完就搶先說了：「我阿爸去士林街賣豬仔，曾經聽見那裡的人說紅毛人說咱這個島是『福爾摩沙』。」

「什麼是『福爾摩沙』？」進財第一次聽到這種話。

「福爾摩沙就是……」阿香一時記不起，倒是阿雲的聲音從廚房飄出來，「就是美麗的島啦！」

「對，就是美麗的島，紅毛人說我們這裡是美麗的島，美麗的島哪有嚇人的老虎？」

進財當然相信自己生長這個地方真是美麗，但美麗怎麼是紅毛人說了才算數，不是生活在這裡的人就該知道的嗎？再說，就算這裡是美麗的島，就一定沒有老虎嗎？阿公和阿嬤念念不忘的水返腳不美麗嗎？還不是也流傳著虎姑婆夜裡吃小孩的恐怖傳說？

眼前更讓進財憂心的是，阿香沒把老虎出現看做重要的事。進財張口還想說些什麼，可是阿香不給他任何機會，阿香掌握說話權繼續說了。

「美麗的島沒有老虎，你不要再自己嚇自己，你家我家很多庄子裡的人雖然生活都不是很好過，但我們也踏踏實實地過著，何苦再讓自己心裡不好受，別想那些有的沒的，快樂一些不好嗎？」

10 看一个影生一个囝：台語諺語，原為「講一個影，生一個囝」，別人起了個頭，聽的人便說出了一個孩子來，比喻捕風捉影。

阿香的話不無道理，讓自己心情愉快些是好事，可也不能不防範老虎啊？

進財拿阿香沒辦法，只得再找機會讓阿香明白，他真不是危言聳聽。

生活雖苦，但日子平靜地過著，家家戶戶亦都和樂融融。

養鴨人家依著河畔照看一群鴨，換得家人五分溫飽；養雞賣雞的人家只求不要有雞瘟，好讓家中大小偶爾吃上一餐乾飯；承租薄田耕種的農戶和上山墾荒的墾戶，求的是風調雨順，別乾旱莫鬧水災，否則顆粒無收，還得貼錢給東家。每一家大凡能分擔點活的孩子都派上了用場，趕鴨子、餵雞、撿拾雞蛋鴨蛋、切煮豬菜、餵豬……等等，只有年紀幼小和年邁長者使不上力，但也還是照看家屋，觀前顧後。

進財小心翼翼過了好些日子，逐漸地把老虎出沒的事給忘了，倒是每日仍然會在回家前先拐進阿香家，除了野菜野果，偶爾再加上一兩隻野鼠或一把田螺。

秋去冬來，北風一起蕭蕭瑟瑟。日子就這麼平順地過著，很快也就要臘月了。

臘月裡家家戶戶都忙，男人們忙著主人家稻穀的收藏，或是整地準備開春新一季的耕種事；女人們忙著醃少少的肉和醃自家釣回的魚，清潔家裡或給家裡老小剪布裁衣，臘月底還得忙炊粿。孩子們則還是做著各自該做的事，進財如常放牛去；阿香負責自家豬隻的三餐、阿雲還是灶下幫手；如春家姊弟幫著飼養家裡的雞。

臘八粥剛吃完，進財整個夜裡不時舔著唇角，感覺還殘留了幾分甜滋味，忍不住就想再吃幾口，那可不是吸得很滿足的甜粥呢。可是鍋裡特意留著的半碗，家裡長輩都同意他送去給阿香，阿香是個懂事的孩子，進財生病時可是天天熬粥送來。

第二天早晨出門的時候，進財用了家裡缺角陶碗舀了大半碗昨晚留下的臘八粥，出村子前先拐進阿香家，輕手輕腳摸進屋後，正餵豬吃熱騰騰豬食的阿香，看見進財一早就來愣住了，握著舀豬食木杓的手就定在空中了。

「你……怎麼一早就來？」阿香結巴問道。

「……這個給妳吃……」進財也口齒不順，推出手上的缺角陶碗等著阿香來接。

「這是什麼？」阿香放下豬食木杓接過陶碗。

「我家昨晚煮的臘八粥，這半碗我阿嬤說給妳吃，很甜的。」

進財目的達成，心裡飛著一隻隻鳥兒，一轉身他也像鳥兒一樣飛走了。

「進財，這碗……」阿香追了出去，語音飄在有點兒寒氣的空中，感覺帶了跳著舞的顫抖。

「我放牛回來順道再來拿。」

「噢……」

送雞毛去阿田家本想回程繞進去阿香家說會兒話的如春，正巧看見了阿香空中托著碗的那隻手，再看了鳥兒一樣輕快跳著的進財，忍不住揶揄了阿香：「真好唷，阿香，進財給妳送什麼好吃的來了？」

阿香宛如心事被偷窺似的一臉嬌羞，拋下一句「要妳管！」轉身匆匆快步跳進她家。

如春看著那情狀[11]，分明此地無銀三百兩，覺得真是好玩，她不過故意調侃一下，阿香便這般害臊，呵呵笑了笑，便就打消了本要去阿香家坐坐聊聊的想法，她知道現在若自己也跟著進阿香的家，阿香肯定是會更難為情，何必呢？

於是，如春提起腳跟就往回家的路走去，她可有一大窩雞得照看呢！

11　情狀：事情的實際狀況。

六、生死一線間

這一日阿香餵豬的動作可輕快了，連腳步也是跳躍式，怎麼看家裡的豬都比之前可愛多了，就連阿娘養的那一小窩逢年過節要宰殺的雞，也一隻隻天使般的可人。

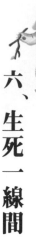

冬天黑幕早早撤下，阿雲灶前忙著生火洗米等事，阿香提著豬食桶往屋後走，因為心情正好，太快樂了竟然完全沒留意到圍籬外虎視眈眈的那隻瘸腿老虎。

好些時日老虎不來這庄子，自己拖著瘸了的腿，靈活度終是不比好手好腳的時候，而且打從和那放牛男孩打過照面後，那男孩一身粗壯黝黑，四肢活躍反應靈敏，一雙丹鳳眼雖不大卻有神得很，大約也是不好料理的貨色，想想也就不趕在風頭浪尖上來這庄子找吃食，因為那樣可能會事倍功半。

可遊歷過近山幾個庄子，住民不多小孩更少，勉強就吃些牲畜了，但牲畜又容易得手，就少了覓食的驚險與趣味，於是繞著繞著不知不覺又繞回來石角庄。那天在野地又見著那個放牛男孩時，心頭上還閃過：哎呀，真是犯賤啊！怎麼又來到這兒？

雖說獵食太容易上手當真無趣，可若是得拚盡全力，甚至還得承擔幾分風險，那也大可不必了。山老虎因為這麼盤算，所以總有意無意地避開進財，好不容易尋得了這家養豬人家，暗中觀察好幾天了，想著這家十來隻豬也夠吃上一些時日了。

今日牠估摸著時間，為了避開不必要的麻煩，在天色才剛灰暗，就拖著瘸腿踅進了阿香家的豬圈後方，伺機在豬仔飽食後再大飽口福。

怪了，今天怎麼小姑娘餵食來晚了，此刻才提著豬食桶慢條斯理地走來？

阿香哼著不知名的曲調，雙手挽著豬食桶，即便桶子沉甸甸，她的心卻因為早上那半碗甜滋滋臘八粥而輕飄飄。瘸腿老虎看著這小姑娘今日特別愉快，隨即旁生出一念：**這小姑娘的肉定是比那些豬仔甜美多了，反正豬仔都在豬圈裡跑不掉，今日便先嚐嚐小姑娘囉！**

阿香還在愉快地哼歌，沒感覺老虎在她身後步步逼近，也沒聽見老虎腳蹄踏在地面的聲音，可阿香就不明白了，怎的她眼前豬圈裡的一窩豬，每一隻都慌張無比整個豬圈上竄下跳的，還發出看似要被宰殺的悲鳴。

阿香糊塗了，今天這些豬是怎麼了？

就在這當下，她才感覺身後有個濃重氣息，那氣息有著說不出來的腥臭味，心想大約是進財放牛回來了。猛一回頭，「進財……」兩字才剛從口中跳出，就被眼前這頭從沒見過的龐然大物給震懾得踉了蹌撞上了豬圈，豬隻還在嗚嗚嗚嚎叫，阿香整個慌了，腦中瞬間閃過：這莫不就是進財說的那老虎？

就這片刻光景，阿香已無退路，老虎亦是抓緊大好時機張開血盆大口，一口咬住阿香左腿。也就這分毫之間，這一幕正巧收進剛剛踏進阿香家後院的進財眼裡，進財本能的心急火燎朝老虎丟去平日收集在竹簍裡的鬼針草、曼陀螺果和一些小石塊，邊放聲大叫：「老虎吃人了，阿香被老虎咬了！」

那聲音頗具洪荒之力，震得路樹搖搖晃晃跟著傳聲出去，幾條岔路口正要回家的佃農墾戶聽得一清二楚。

山老虎一看來人便是那放牛男孩，力氣瞬間軟了幾分，同時還感嘆到真是冤家路窄，**走到哪裡都遇上這臭小子！**

進財那一聲使盡全身力氣，震天價響，好些個結束農事工作回家的鄰人聽見了紛紛跑了過來，從廚房奔出的阿雲手裡還拿著火鉗，看見姊姊正虎口掙扎，沒多想便向前跑去，燒紅的火鉗往老虎身上一丟，燙得老虎立時張口，千鈞一髮間阿香忍著左腿的疼痛，朝進財翻滾而去，手持鋤頭等器械的鄰人也聞聲前來合力圍攻老虎，老虎眼看大勢已去，虎嘯一聲便夾著尾巴火速竄逃而去。

瘸腿老虎風一般地跑了，眾人回頭檢視阿香傷痕，阿香左腿老虎齒痕明

顯血跡斑斑；有人忙將阿香抬進屋裡，進財則踩著風火輪飛奔去請會治傷的阿清他爹何水，阿清他爹一來，他家隔鄰幾家小孩也跟著簇擁而來。如春和阿香一向交好，一聽說好姊妹被老虎傷了，第一時間心急如焚火速奔來。只見先來到的長輩指揮著如何處理傷口：「快快快，先把傷口清洗一下，再拿些火烌（ㄒㄧㄡ）[12]來塗在傷口上頭。」於是有人用火烌覆蓋阿香的傷口，後來何水來了才接手為阿香傷口上藥，上藥時如春特意坐在阿香背後，緊緊扶住阿香的肩頭，還在阿香耳畔輕輕安慰著：「沒事的，阿香，阿清的爹幫妳上了藥就沒事了。」

「幸好是大家及時讓老虎鬆了口，這傷只在表層，沒傷筋動骨，上上藥，過些天慢慢就會好了。」阿清的爹一會兒仰頭對圍觀庄民說，一會兒又低下頭來交代阿香：「阿香，這幾天妳就小心照護傷口，別碰了撞了，最好也別沾到水，很快就會好了，妳別擔心。」

---

12 火烌：灰，木柴燒過的灰燼。

阿香一則餘悸猶存一則傷口疼痛，眼眶裡噙著淚，顫著聲說了句：「謝謝何水伯。」

阿香背後的如春適時在她肩頭加了點勁，阿香怎會不明白如春的相挺，庄子裡眾人的關切？一時心有所感，感覺自己可依靠的牆無比厚實，心情順勢放鬆，竟是放聲大哭，這一哭反讓在場所有人面面相覷不知所措了。只有立在何水背後的進財明白，阿香那是情緒繃得過緊之後的突然鬆解。

村子沒多大，很快的方圓幾戶人家都擠向了陳家，好奇的大有人在，多半是小孩或婦人，在奔去的同時還三三兩兩交頭接耳著。

「欸，妳說陳家怎這麼衰啊？被老虎盯上了？」某家主婦問。

「呃，會是陳家的豬養得比較肥嗎？」有人回答了。

「這……我就不知道了。」這人轉而又說了一句，「可你家的豬也挺肥的嘛！」

這真是一句惹人嫌的話，聽者連聲「呸呸呸」的，然後拉大步伐快速奔向前去了。

小孩兒們的好奇心可就更高了，有人還抱著一睹老虎廬山真面目的心態呢！

「欸欸欸，你們說老虎長什麼樣？」

「應該就是青面獠牙嘛！」

「哪那麼可怕？我猜大概和貓狗差不多大吧！」

「才不呢，如果只是和貓狗差不多，進財之前怎會嚇得大病一場？阿香怎會被咬得遍體鱗傷？」

「你又知道阿香遍體鱗傷？你看見了？」說話的是阿清，他沒趕上和他阿爹一起到陳家，「老虎算什麼嘛！」

「阿清，你不知死活啊，敢這麼說？你就不怕被老虎吃了，你們家將來就沒有捧斗[13]的人了？」

13　捧斗：尾七法事之後出殯，將亡者的牌位放入『斗』中，出殯時由長子或長孫手捧著。

那阿清倒是不在意被同伴這麼揶揄，他反倒是想起曾跟著阿爹去大稻埕走江湖時聽過說書先生說書，說武松赤手空拳打死猛虎，那武松可是他心目中的大英雄，若他能鍛鍊出武松那樣孔武有力的體魄，說不定是老虎得怕他了！

「嘿嘿，你們怎就知道我贏不了老虎？我平日裡跟著我阿爹拍拳頭賣塗藥[14]，拳我也是會打個幾套，你們要不要試試？」阿清說著邊走邊擺起打拳架勢，同行幾個個頭小一點的男孩紛紛走避得遠一些了。

當時，陳家相鄰幾戶人家已將陳家擠得水洩不通，晚些時候抵達的人得踮起腳跟拉長脖子，還不見得能看清整個情形。

「嚶嚶……」

「阿香，沒事了沒事了。」

「哎唷，老虎這壞東西將阿香一隻左腿咬成這樣，真是的……」

邱家阿嬤在庄子裡稱得上年高德劭，人人尊重，自動讓開給出進陳家堂屋的路，一進屋看見阿香那深印著老虎齒痕的左腿，忍不住罵起老虎，猛一想阿香這小姑娘已經哭腫了雙眼，實在不宜再說這些，於是改口說了，「人平安就好，萬幸、萬幸……」

阿清他爹為阿香傷口塗好傷藥之後，邱阿嬤跟阿香的娘拿了阿香的一套衣褲，再取了一杯米，點了三炷香，然後口中念念有詞，並拿起阿香那套乾淨衣服，在阿香前胸後背比畫了好一會。

圍觀眾人大多清楚，只有像如意、立明這樣還年幼的小孩人不解，擠上前耳語問著大姊如春：「邱阿嬤在做什麼？」

「收驚啊！」

「收驚？」立明年紀小聲量卻是大。

「是啊，阿香受到這麼大的驚嚇，得收一下驚，把三魂七魄找回來啊！」邱阿嬤中氣十足地回應了。

14 拍拳頭賣塗藥：走江湖賣藝賣跌打損傷藥。

傳言往往比傳染病更具傳播力，沒兩日老虎入庄傷人之事已傳得沸沸揚揚，並且擾得石角庄人心惶惶。

「你有沒有聽說庄尾陳家大女兒阿香，幾天前險些被老虎叼走……」

「有啊，聽說阿香一條腿都已經被老虎咬進嘴裡了，是那個放牛進財卯起來朝老虎又丟曼陀螺果又丟石塊的，那老虎忙著閃避跟反抗，才會放掉阿香。」

「不是這樣的，是阿香的妹妹阿雲從灶下拿出紅通通火鉗朝老虎丟去，老虎被火鉗燙得受不了才丟下阿香的。」

「進財也有出力啊……」

「進財是有出力，但主要是阿雲的火鉗發揮作用……」

「哎呀，你們爭什麼？陳家阿香沒被老虎吃了是幸運，如果沒有進財和阿雲，還有那些庄裡好心的人聯手起來，怎能趕走老虎？說不定不只阿香祭了老虎的五臟廟，恐怕我們也都有危險了！」

幾個人被長者這麼一說都怪不好意思的，個個垂首紅臉，不是撓腮就是抓頭。

老人的話不無道理，如果沒有進財、阿雲和庄民堅定合力對抗老虎，老虎可能食髓知味，挨家挨戶獵食了。

「現在，我們該怎麼辦哪？」某甲率先發言。

「怎麼辦？小心門戶囉！」某乙說。

「只小心門戶怎麼夠？你都不用出門做事？」某丙說。

「所以，這以後啊，大家出門身上得帶著防身器具，而且最好結伴同行，多少可以壯壯膽也壯壯聲勢。」還是老者的話有建設性。

七、一窩雞全不見

那之後庄民們將守望相助的精神揮到極致，相鄰住家總會不時互相聞問，也會互相關照，留意一下動靜，稍微有一點點聲響，就鍋鏟鋤頭火鉗帶著前去一探究竟，但往往也因而鬧了不少笑話。

就有那麼一天，某人家的廚房才過午不久就突然一陣鏗鏗鏘鏘的，聲音之大連隔著一條小圳溝外的邱家阿嬤都聽得一清二楚。

邱家平日就老阿嬤一個人在家，寧靜的午後這聲響特別驚動人心，邱阿嬤年紀大行動緩慢，又著急要跟著去一探究竟，心一急腳踩空竟跌落了小圳溝，整個人滑進圳溝裡，這一坐她卡在小溝裡起不來了。邱阿嬤本想張口呼喊讓人來相助，隨即又一想，出了聲不是要將老虎喚來了？

邱阿嬤一顆心噗通噗通直跳著，右手若沒緊緊摀住嘴巴，那顆心怕是就要跳出來了。邱阿嬤皺著眉苦著臉，就怕老虎從任何一處竄出來看見她，她可就會被生吞活剝了！實在擔心得緊，圳溝不高她得略彎著身子才能藏得住，遮遮掩掩間那日阿香虎口餘生血淋淋的畫面倏的出現眼簾。

為阿香收驚後要離去前，邱阿嬤還要阿香的娘記得去摘些芙蓉艾草，燒了熱水泡下給阿香淨身，多一些趨吉避凶。

今日聽了鄰家發出聲響，跟著大夥兒後面追著去，一個不留神跌下了圳溝，現下不偏不倚卡在小小圳溝裡，看來晚些回家後自己也得燒些芙蓉艾草來淨身，好驅驅這不吉之厄。

邱阿嬤就這麼坐在圳溝裡想今時想從前，想著想著瞌睡蟲一隻隻爬上身，呵欠連連，再也撐不開眼睛上方那兩張爬了幾條小蛇的眼皮，就這麼瞇著眼在圳溝邊打起盹來了。這一睡可睡得舒服了，涼風習習，偶爾飛過幾隻燕雀啁啾聲彷彿仙樂飄飄，邱阿嬤嘴角不禁自然揚起。如果這時天上有雙眼睛看到這一幅圖畫，必能感知邱阿嬤正陶醉午寐之中。

是那一連串咒罵聲趕走了邱阿嬤的瞌睡蟲。

「夭壽啊，是哪隻野貓把我菜櫥撞倒了，還把菜櫥裡的魚給叼走了？那是留給我家胡土晚上配飯的呀，真沒天良啊！還把我的廚房搞得一團亂，就別哪天讓我碰著了，定要磨得你歪嘴……」

邱阿嬤迷迷糊糊間不忘拉長耳朵聽，聽出是胡土老婆的大嗓門，似是罵著某隻闖進她家廚房的野貓。聽著聽著，想起自己慌張出門不就是因為午後那一陣亂響嗎？這時聽來真相大白，不是庄子裡人家又遭老虎入侵，是野貓偷吃了胡家一條魚，自己竟就載奔載慌得掉入圳溝，還在圳溝裡枯坐好些時候，想想便覺好笑，不禁笑了起來。

邱阿嬤正笑開懷時，賣雜貨的阿發遠遠走來，越靠進圳溝眼睛睜得越大嘴巴也張得越開，邱家阿嬤到底發生何事了？

「邱阿嬤、邱阿嬤……妳怎麼了？」阿發放下雜貨擔。

「我……」邱阿嬤不知如何啟口。

「大下午的妳怎麼坐在圳溝裡？」

「啊……我……就出來看看……不小心掉進圳溝啦……」邱阿嬤避重就輕。

「來來，我拉妳上來。」雜貨阿發伸手好生拉起邱阿嬤，看她那條黑褲裏滿了泥，忙催她回家，「阿嬤妳褲子溼了髒了，快回家去洗洗換換吧！」

「欸，好，阿發，謝謝你，回頭你來我家，我看看買個什麼的。」

「好的。」

阿發回應了邱阿嬤之後又搖著他的玲瑯鼓[15]，一路喊著「賣雜貨喔……」直往前去了。

日子又平靜地過了好些時候，庄子裡人人為生活事忙碌，看山依舊朗潤清脆，看天如常雲絮輕飄，看水還是清澈淨明，漸漸便忘記了老虎的威脅。

一晃眼到了秋收季節，這年雨水充足，夏季也沒颳上颱風，每一塊田的

15 玲瑯鼓：即波浪鼓，一種童玩。小鼓兩旁繫有短繩，短繩尾有一小墜子，左右晃動墜子敲得鼓面咚咚響的的玩具。

收成都很好，每一戶佃農家裡大大小小人手都派上用場，收割的收割，曬穀子的曬穀子，打穀的打穀，人人忙得眉開眼笑，一年豐收就算忙一些也值。地主固然是笑得合不攏嘴，相對的佃農們也可獲得較多的報酬。

某天下午，林家姊妹將家裡的事完成後，交代六歲弟弟立明好好看家後，兩人便相偕去已經收割完的田裡撿拾那些掉落的稻穀，看似零零落落的穀粒，兩姊妹用心撿拾也可撿上滿滿一麻袋，舂去稻殼，白米留著家裡食用，剩下的粗糠（稻殼）則用來餵雞，一舉兩得。秋收後的農田少不得會遇見阿香姊妹倆，兩家女孩邊撿穀粒邊閒聊，時間過得快又趣味。

兩個姊姊才出門沒多久，後院那一群雞仔就一直躁動不安，公雞直是喔啼，前廳裡的立明只覺這些公雞莫不是知道將被推往市集宰殺賣了，先給自已啼哭幾聲，也就不多加理會。緊接著又是連綿不斷的母雞咯咯叫，那咯咯聲中聽來多了悽慘，宛如宮廟前演出野台戲裡的生離死別，立明心裡也多了異樣感受。

可立明也只是聽著，他只遵守大姊交代之事，一心摘著今晚要煮的菜豆，連挪個屁股都沒，更別說沒起身到屋後去瞧個究竟。雞群胡亂啼叫為時並沒多久，立明也就更覺得沒去屋後的必要。

很快的夕陽沉下西邊的天，如春如意姊妹倆岔路口和阿香姊妹分道揚鑣，分別挽著一袋撿來的稻穀踩著輕快步伐回來了。

進門後，如春要如意先生火煮飯，她自己則是快手快腳拌好餵雞飼料，端著往屋後去餵雞了。

如春才剛推開廚房往屋後的木門，便讓映入眼簾的慘狀給嚇壞得發出長長的一聲「啊——」。這兩日剛孵出的小雞仔好像受了什麼大折騰，死了一大堆，殘餘的幾隻也奄奄一息地倒臥角落。

怎麼會這樣？如春腦海拂過這疑問？

馬上她想到要趕緊找尋家裡生計來源的一大群公雞和母雞。

「立明！」

如春的喊聲淒厲，立明不敢怠慢趕緊跑來，一看屋後院子的景象，嚇得不自禁地顫抖了起來，還喃喃道：「怎麼會……變成這樣？怎麼會……變成這樣？公雞呢？母雞呢？」

如意顧不得生火洗米也來了，見狀久久說不出話來。

「我們出去的時候，發生了什麼事？」如春問。

立明告訴姊姊，她們出去沒多久後院的公雞啼個不停，母雞也一直咯咯叫，他沒到屋後看看，因為過沒多久聲音就停了。

「姊姊……我那時應該要到後院來看看……」立明搖晃如春的手自責說著，「說不定就可以抓住偷雞的賊了。」

「不不，你平安才要緊。」

和雞隻比起來，弟弟更重要，弟弟是家裡的命根子，不能有絲毫損傷。

當晚，林家爹娘回來，如春立刻轉告後院被洗劫一空的情形，林家女主人眼看損失慘重，主張向日本官廳報案。

「我不相信我們這地方會有賊。」男主人不贊同這作法。

「都已經這樣了，你還不相信？是要等到孩子也被劫走了，你才願意相信有賊？」

「我們這庄子的人這麼善良，大家都努力討生活，下田的下田，上山的上山，像我們做小生意的做小生意，誰有哪個閒功夫去偷人家財物，打死我也不相信我們石角庄會有這樣歹毒的人。」

四鄰聞風而來的人，也不願意民風純樸的地方有人使壞，更多的是不想自己也被視同嫌疑人，所以個個都義憤填膺地相互口頭約定同心協力幫忙擒賊。

「我說我們大家要齊心一點，隨時瞻前顧後，如果有發現行蹤詭異的人，先逮了再說。」

「是啊是啊，我們都把眼睛睜亮一點，不要錯放了那獐頭鼠目的歹人。」

那晚，立明只要想起午後後院的狂亂，除了自責又多了不解，那賊人得有多大力氣啊，一次扛走家裡這麼多隻雞？

第二天一早，就在立明推開後門的剎那，在明晃晃的日光照耀下，一眼瞧見角落兩個不尋常的大蹄印，而且是不曾見過的蹄印。

「阿爹、阿娘，你門看，那個腳印……」立明大聲呼喚爹娘和姊姊們。快速奔來的家人順著立明手指的方向看去，這一看眾人的心都涼了半截，個個擠上前仔細觀察，都認為那不是人的腳印，沒說出口的是，該不會是老虎的腳蹄子吧？

如意悄悄去村子口堵住剛要去放牛的進財，進財就近將兩頭牛綁在路樹上，再隨著如意直直走進林家後院，才一看見那蹄印立刻大呼一聲，「這是老虎的蹄印啊！」

這下林家五個人恍然大悟了，是老虎來擾亂村民生活，他家首當其衝。進財那一呼喊聲量夠大，趕著農作開山的路過庄民一聽有老虎蹄印，無不又都上前來關切了解。

林家的雞被老虎席捲一空的大事很快傳遍整個石角庄，一時之間虎患之說沸騰不已，整個庄頭風聲鶴唳，宛如老虎早隨時在人們身後窺伺，下一秒就會衝到身邊將人生吞活剝了。

市街裡人來人往，除了尋常噓寒問暖與生意吆喝外，現在又多了耳語傳播與關切叮嚀。經過口耳相傳，已成了無數隻老虎等在各處要撕咬民眾，莫大的恐慌氣氛便也在整個石角庄流轉。

大人為了一家溫飽不得不出門營生，就算有老虎吃人的威脅，他們仍然得外出上工下田做生意。至於家裡的小孩若不是必要協助幫忙的，多數人家會再三叮嚀交代不許外出，甚至還要求要將門窗都關得死緊，凡事不怕一萬，只怕萬一啊！

不只林家人感到慶幸，就連其他有小孩的人家也都為林家歡喜，當時只一人在家的六歲立明沒因聽到聲響就往後院跑，否則那後果會更不堪設想，而這也讓所有人知道，遇事安靜待在屋裡，就能降低危險。

八、傳言滿天飛

往年秋收後的日子最是快活愜意，媽媽們開始尋思給孩子準備過年新衣，也會慢慢準備做些香腸、醃肉、醃魚，可今年光是老虎下山吃牲畜吃人的傳聞不斷，媽媽們沒事也不敢隨意上街採買，或三五幾個路口門前串門子，都是一心一意守著家守著孩子。

而孩子們被媽媽們整天盯前盯後，沒辦法自由活動苦惱極了。

以往這個季候他們會在收成後的田裡焢土窯。

孩子們自然會擁戴一位領頭羊，這個領頭大哥會帶著大家先找個開闊的田地，並選定窯口向著迎風面，這能讓空氣直入幫助燃燒。然後先找來大一點的土塊堆造爐口，這個地基要夠穩定，之後再用土塊慢慢向上堆，四周圍要堆得穩固，越往上蓋越要往內縮，最後到中間密合起來，完成後是將土塊堆得高高大大一座窯。這樣堆好的土窯是中空的，土窯內的地上還可挖成凹洞，便可以增加燒烤的食物容量。

製作土窯的同時，年齡小一點的孩子早被分派了撿拾乾草和樹枝的任務，這時也紛紛回來了，領頭大孩子便生了火，然後逐次放進大一點的柴火，火要生得夠大夠旺，整座土窯都得燒成火紅，摸著外側土塊感覺燙手，便表示整座土窯燒的熱度夠高，這時用圓鍬將柴火等灰燼扒出來，隨後將各自從家裡夾帶出來的番薯、芋頭、玉米等食物丟進窯裡，再將土窯摧毀並壓實，不讓熱氣散去，有些孩子還會挖些土覆蓋上去，直到沒冒煙為止。

等待的時間總是特別漫長，小小孩總迫不及待，頻頻問著哥哥們「好了沒？」

大哥哥又得安撫弟弟們躁動的情緒，又生怕他們被熱度高的土塊燙著了，得一個勁的想法子讓小小孩轉移注意力。

「去摘十顆番茄回來就要開窯。」

「喔喔，十顆番茄，我們去摘。」小弟弟好快樂。

「欸欸，是一個人摘十顆喔！」

大哥哥補上一句，小弟弟一聽，剛要喪氣便又打起精神，還信心十足地回應：「一個人十顆啊？沒問題。」

五、六歲的小男孩一被支開，土窯四周瞬間安靜下來，秋風徐徐吹來，窯裡的香氣也抓著風的尾巴偷偷溜了出來，大孩子畢竟沉穩一些，幾個人除了很有默契的相視一笑外，便是紛紛做著把香氣撥向自己並深深吸著的動作。

耐心是做任何事都必須要有的態度，等著焦土的餘溫把食物悶熟，通常需要一至兩、三個小時，男孩們便以大地為床，以藍天為幕，躺在秋收後的田地上，嘴裡或啣根稻草或吹片葉笛或吹著口哨，總之就是要消磨這等待的時間。

通常都像算好時間似的，小弟弟番茄摘好回來時正趕上開窯。

「噢，好香喔！」

「嗯，我要看我要看。」

三兩個爭先恐後要一探開窯究竟，領頭哥哥說話了：「不後退一些不挖了。」

弟弟們生怕真不開挖就沒得享用美味，再怎麼樣都要克制心裡窺探的欲望，於是後退了幾步，讓哥哥好做事。他們看著哥哥慢慢扒開土塊，動作很輕，不明所以，其中一人就說：「阿清哥，你動作大一點，不就可以趕快把東西弄出來了。」

「你懂什麼？」另一人說了。

「動作大一點，就會把番薯、芋頭、番麥（玉米）弄破了，你要連土一起吃嗎？」

阿清的話讓小小孩沒話可說，真的就靜靜等了。

這都是往年農閒時的玩樂，忍不住在心裡又生出一條條小蟲，撓搔得心癢難耐，真想門一開就出去呼朋引伴好好玩一玩。

可是，今年媽媽們說了：「若不知死活，想讓老虎吃下肚，想要以後見不著家裡爹娘，就儘管去。」

這話一說，任誰也不敢白目到拿自己生命開玩笑，只得關上心裡的小窗。

緊接而來的冬日特別蕭索，天際的雲總苦著一張臉，陰陰沉沉，不時還會飄下幾滴眼淚，讓石角庄的庄民更覺悲苦。走在路上人人豎高衣領，兼而東張西望快速行走，好似走得慢一些便會被什麼追上了。

人人是即便豐收，口袋飽滿，昔日富足神情卻也減去不少；家家是即便隆冬，年關將屆，往年歡樂年味生生少了許多。

雖然林家向日本警部報了案，但老虎畢竟不是有戶口的住民，而且山林廣闊，警方一直都沒有具體行動，當然更別談有什麼結果了。

說到底，老百姓還是得自求多福。

「你說都多少天過去了，警察也沒逮到老虎，我們還不是要擔心受怕？」

「報案是報案，日本警察哪會那麼認真處理，別作夢了。」

「我們還是要自己多注意，家家戶戶門禁森嚴一點，別隨便放小孩子自己出門，就算在家也得緊閉門窗。」

冬至一過，北風更是抓狂一樣使勁呼呼狂吹，門扇窗框總被北風搖得戛戛作響，不細聽還真像是什麼人口齒不清地說著「放我進來、放我進來」。小孩們不敢靠進窗邊，就怕還沒回過神來窗縫便伸進一隻鬼手。

上茅廁可苦了孩子，因為茅廁都在屋外，雖然男孩們總一副坦蕩蕩，花圃、菜圃、牆角、路邊小解當施肥，真要大號時還是得進茅廁。大白天天光射進四片木板搭成的茅廁，明晃晃亮悠悠，心神自然鎮定一些，可若夜晚四周一片漆黑，由遠而近的蟲鳴蛙叫，一聲聲聽來不免幾分恐怖，若再加上不時狂飆的風撼得四面木板「咿歪咿歪」悲鳴不已，蹲在茅坑上的人一顆心七上八下，有時等不及全解完，胡亂擦拭，褲頭一提飛也似地趕緊奔進屋了。一點點風吹草動，就嚇得魂飛魄散的情事屢見不鮮。

不久前，有過拋火鉗救姊姊經驗的阿雲，某日晚飯後忽忽內急，姊姊阿香正洗澡，沒人相伴去茅房，只得自己一人忐忑著一顆心去。正當她解得淋漓酣暢時，一陣詭異的風咻咻咻的直鑽進茅房，阿雲起了一陣哆嗦，她方才提來放在角落的油燈也顫滅了，一時間伸手不見五指，慌得阿雲直感覺茅房外宛如山上下來了十隻大老虎，茅房的四片木板快被推散了。阿雲感覺自己的牙齒上上下下頻頻打顫，似是彼此責怪不穩穩站立，老要跟對方撞在一起。阿雲蹲著的那兩條腿也抖動不停，只有她的內心堅定，硬是讓自己如泥人一般僵住，否則稍一挪移可能就跌進茅坑，成了一尊「屎」人了。

阿雲害怕極了，門板持續「咿歪咿歪」叫著，阿雲認定那是老虎守在外頭等著她自投羅網。她真是怕啊！怕到淚流滿面，怕到鼻涕也小水流似地直往唇上滴，可她不敢哭出聲音，連啜泣吸鼻子也不敢，更別說呼天喊地要家人來相助。她就這麼無聲哭著，什麼都不敢想，時間不知過了多久，那兩條腿瘦了麻了無知覺了，她還是跨在茅坑上。

彷彿一輩子那麼長之後，阿雲已不抱有人來救的希望，她嘗試伸手拿平日放在角落的舀糞長杓，若老虎真要撞進茅房，她也得在被老虎吃下之前奮力反抗。

這時的屋裡，家人頻頻望向後門，彼此心照不宣，「阿雲上個茅房怎這麼久還沒回屋？」這話只是沒說出口。

爹娘和阿香同時閃過一念，「莫不是老虎來了？」

這一念促使三個人同時起身，爹持棍棒娘提著油燈，阿香則是抓起一把縫衣針，憂心忡忡的三個人快速來到後院。

娘舉著油燈仔細照著後院，一切如常，唯獨茅房沒有一絲光線，明明阿雲是提著一盞油燈來的。

「阿雲、阿雲，妳在哪裡？」阿娘一急開口喊了。

阿娘的聲音是一劑回神仙丹，逼出阿雲緊鎖在喉頭的聲音，她忍不住嚎啕大哭了起來，「我在……便所……我站……不起來了。」

這回應讓家人安了心，阿娘提燈阿香推開茅廁的門，一看妹妹那可憐模樣於心真是不忍，原要飛刺老虎的針暫且拋下地，忍著茅廁薰人臭氣，阿香跨進去，小心翼翼雙手伸過阿雲腋下，緩緩將她右腳移過茅坑，一來茅房窄仄，二來阿雲的雙腿蹲姿過久僵硬不靈活，一個沒拿捏好力道，姊妹倆同時往後倒，阿雲硬生生壓在阿香身上，阿香費了好大力氣才掙扎出來，再和阿娘將阿雲慢慢架到浴間清洗一番。

這事後來幾經流傳，紛紛出現各種不同版本。

有說阿雲因為閃躲老虎跌進了茅坑；也有說阿雲為了不讓老虎看見燈光，把油燈吹熄就躲在茅房；還有說阿雲依然勇敢，隨手拿起長柄糞杓，舀起茅坑的糞潑向老虎，老虎受不了糞的臭味逃之夭夭了。

總之，大人越來越害怕，害怕有一天老虎又來了。小孩呢？被這樣的傳聞和大人的嚇唬影響，漸漸也有人說看見老虎變身老婆婆在村尾伺機抓小孩，說的人還繪聲繪影說得煞有其事。

「如春，我跟妳說喔，昨天我去挖豬母乳，看見了一個很老很老滿臉皺紋的老婆婆，她本來要走進我們村子，正好進財的爸爸扛著鋤頭回來，那老婆婆轉身就走，而且走得很快，我看見她露出一截尾巴……」阿香越說越害怕。

「那一定是老虎變裝的。」如春回說。

「我想也是，妳每隔幾天要送雞毛去邱阿嬤家，路上要多留意不認識的老婆婆喔！」

「我會的，謝謝妳，阿香，妳也要多小心一點。」

「嗯，我們都要很小心喔！」

不只小孩口耳相傳這些似有若無的事情，大人也是人人各編了一個版本。

「……那老虎變過身，戴了一頂斗笠，穿了唐衫衣裙，見了小孩都自稱是小孩遠房的姑婆，小孩一聽是從唐山來的姑婆，帶來好吃的花生，一個個嘴饞了，因為貪那一點點好吃東西，老虎就趁著孩子一不注意的時候，把小孩吞下肚了。」

「真的這樣啊……」

「不信？妳去問問上庄有沒有小孩不見，就知道了。」

不巧偏偏有人自上庄回到下庄，道聽塗說了上庄近期丟失一個孩子，這人更是添油加醋。

「那……一家人都上工去了，就留個七歲女孩在家，聽說有個假扮是她家從滬尾來的姑婆，帶了阿給給她，這女孩才伸手要接阿給，這姑婆……啊，不不是，是老虎，虎姑婆右腳一抬，便把女孩抓住塞進嘴裡了……」

關於虎姑婆的謠傳滿天飛，可怕的程度比流行病有過之無不及。日本警察廳知道這種情況後，要求各地保正轉知民眾不可散布謠言，若再有任何假傳不實傳說情事，與吃人老虎一樣論罪。

「日本巡查真正是欺負咱老百姓，吃人老虎他們都還沒抓到，就先要定我們的罪，這是什麼世界啊？」

九、誰治誰

這個冬天特別長，白日霜結人心，總凍得人不知所措。出們忙活的人們，總想著以最快速度完成一天的工作量，趕快做完趕快回家，家雖只是茅屋草屋土角厝，總是大門栓緊，所有門窗緊閉，便能得一室的溫暖。

夜晚，家家戶戶都將家人鎖在一起，不是重要事情不輕易放家人外出，一反昔時婦女活絡於庄子裡互串門子，男人熱衷於宮廟前大樹下的小酌閒聊，女孩兒過門說說知心話，男孩兒打打鬧鬧玩玩。

這會兒是黑黝黝的屏幕籠罩下來，整個庄子死寂似的，寒冷刺骨的風從門窗縫隙幽幽地鑽進屋裡，還能錐刺得人筋骨痠痛。偶爾大縫隙透入的夜光，冰一般寒凍，直讓人緊緊縮住脖頸。

人們不若往年盼著過年圍爐，這個年大家過得戰戰兢兢，鞭炮倒是盡情地放。這點子還是從四處走江湖的拳頭師傅何水和何清父子而來的，他們兩父子將在大稻埕市集賣藝時，從說書先生那兒聽來的年獸傳說告訴了庄民。

「說書的先生說從前有種獸叫年獸，年關下就到村子裡吃小孩，後來大人們發現大過年放鞭炮會讓年獸懼怕，這才聯想到可用鞭炮來嚇退年獸，所以後來過年時都會放很多鞭炮，鞭炮放得越多炮聲越大，年獸就不敢來了，沒了年獸，大家就能過個好年。」

聽何氏父子這一說，庄民們不約而同想到同一項，既然炮聲能嚇退年獸，應是對老虎也能起作用才對。

「你看我們是不是約好大夥兒今年過年都多放一些炮，好把老虎嚇走。」

「嗯，我也正這樣打算呢！」

「那大家就這樣辦吧！為了我們庄子的平靜。」

「好……」

「記得把這話傳給庄裡每一戶都知道啊！」

「噢，知道。」

正月新春裡一連幾天震天價響的鞭炮聲好像真鎮住了老虎，終於也過了一個平靜沒有紛擾的年。

年過了之後又恢復了日常，過日子總提心吊膽也不是辦法。能做的都做了，報了官，放了炮，結伴同行，小心門戶。但消極且被動的對策終究不是長久之計，庄民們除了求神也求天，盼望著寒冬快過去，快點兒春暖花開，天地清朗之後，或許山裡多了可吃的動物，老虎就不會下山來擾亂庄民的生活。

劍潭山依然矗立在士林街各庄庄民視線所及之處，白日裡山色朗潤，山形完整，此地隸屬台北州七星郡，石角庄老虎吃小孩的傳聞很快也傳進了湳雅庄、北投庄等等七星郡的各庄街，各街各庄的庄民們茶餘飯後多了談話素材，人人均大有興趣。

「你們說石角庄真有吃人老虎嗎？」一人問。

「誰看見了？」另一人則這麼回應：「有些人很容易大驚小怪，看到貓就說看到老虎，若是讓他們看見大一點的狼犬，不就要說成大象了？」

這話引得哄堂大笑。

「哈哈……」

「雖然說有些人會胡思亂想，常是『講一个影，生一个囝』，但是『張持無蝕本』[16]，我們還是寧信其有比較保險。」長者之說眾人認同，紛紛點頭同意。

「那我們要怎麼做？」

「大家出外最好相偕作伴，多留意四下狀況，至於家裡老人和小孩，就叮嚀他們不要放陌生人進屋。」長者最後再補一句：「總而言之一句話，小心為上。」

好幾個星期以來，石角庄派出所兩名巡查奉上級命令四處走訪，走遍了庄頭每一個角落，不僅沒看見老虎的身影，說難聽一點連老虎屎都沒看見，兩名巡查百無聊賴，揮著警棍撥著路邊雜草，順便發了牢騷。

「我們派出所受理了民眾報案，也把記錄歸了檔，前年也實地去陳阿香家裡了解過了，哪有什麼老虎，不過就是那女孩左腿上有傷就說是老虎咬傷的……」身材瘦高的巡查抱怨道。

「你難道不知道這些民眾就喜歡小題大作。」矮胖巡查附和著，「陳阿香差點被老虎叼走這事，我是不大相信，雖然說陳阿香左腿上有明顯的傷痕，但我們隔幾日去時只看見腿上的傷疤，要教人相信那是老虎的傑作，也太牽強了吧！」

「說的也是。」瘦高的巡查接著又說：「你記得吧，後來又來報案說林清水家的雞全被老虎叼走了，這些人啊，把我們巡查當成吃飽沒事幹了呀？」

16 張持無蝕本：台語諺語，意指小心做事，才不會吃虧。

「要我說，打一開始就來報案的人都打幾棍趕回去，他們就不敢一點點風吹草動就往派出所來。」

「是啊，現在演變得人人忙著捕風捉影，可就害慘了我們啊！」

「我們幹什麼還真這樣風吹日曬的跑遍庄裡每個角落？」

「誰知道我們所長怎麼想的？」

兩名巡查一路走一路埋怨，山坡上那頭瘸腿老虎遠遠看著，忍著飢餓肚腸一再發出的叫聲，牠可看清楚了，那兩個戴帽子的人腰間還掛了棍棒，覓食雖是有點崎嶇才美味，可若還要像在養豬女孩家那樣被炙傷了腰背，那又太費神費力了。

兩年來阿香心上一直籠罩著陰影，不定時都會想起此地一直以來隱隱晦晦山形老虎下山的耳語傳言。小時候每每不聽爹娘的話時，阿娘總會恫嚇她們姊妹，「山裡老虎下來了，不乖的會被抓走。」

當時年紀小，被阿娘嚇唬怕了一些時候，長大曉事之後，膽子也就壯大了起來，再聽了庄子裡老長者笑言笑語，「那只是騙騙你們這些小孩，不然你們怎會聽話！」一就越發的不當一回事了。

沒想到兒時老者提醒的話言猶在耳，老虎下山的事倒成了千真萬確的了，而且自己便是真實虎口餘生的人。

剛發生事情的那陣子，阿香的娘聽人家說劍潭北岸劍潭寺的觀世音菩薩很靈驗，常是忍著跋涉之苦去劍潭寺求菩薩，她沒求家裡能積攢錢財，她只求一家人平平安安就好。

可即便今時今日真有進財阿香等人親眼見過老虎，多數人仍然只是在庄民歷歷如繪裡跟著人云亦云罷了，「老虎來了」只當茶餘飯後嚼嚼舌根而已，儘管傳說甚囂塵上，不信者恆當是騙騙小孩的計倆。

尤其日本警察，堅持要眼見為憑，總將百姓之說視為無稽之談，根本無心查辦，走訪時也多半是訓斥民眾。

這日，保正以官方有事通知而召集民眾前來開會，眾人原是以為老虎驚擾庄民之事終於被官方重視了，沒想到瘦高的巡查站上臨時準備的木箱後竟這樣說：

「你們要知道喔，上級很重視老虎事件，可是到現在也沒有實際證據，你們誰看到老虎了？誰抓到了老虎？抓到老虎的一條腿或扯斷牠的一截尾巴都好，都可以送來官廳，這是實證。但是沒有嘛，所以，說不定是有人故意散播這樣驚嚇庄民的傳說，然後在暗地裡反抗官府，你們千萬要記住，不要隨便聽信別人說的，也千萬別跟著傳播謠言，免得被抓到是要罰錢的，情節再重大一點的不但罰錢還要鞭打。」

瘦高的巡查語畢，群眾一片譁然，大家面面相覷後紛紛交頭接耳，耳語著：「這什麼官廳？沒為百姓出頭，還恐嚇百姓！」

「安靜、安靜。」保正見廣場上一片嘈雜，生怕多出事端，趕緊出聲喝止。

「可是……大人，上庄前一陣子不是有個小男孩不見了？」群眾裡有人舉手說了。

「上庄那個男孩啊！那個小孩是跌進溪裡溺死的，後來有被找到。」

群眾裡又一陣窸窸窣窣，大家忙著求證是不是如巡查所言。

「那孩子真的是溺死在溪裡嗎？」

「是啦，聽說在下游找到時已經腫脹到很難辨認，他的家人是認出孩子身上所穿的衣服。」

有人證實了警察的說法，但也有人開始探究孩子墜溪原因。

「那孩子怎麼會掉進溪裡？」

「是和什麼人玩耍嗎？」

「還是有什麼……野獸追他？」

「……」

大家你一言我一語，紛紛自組討論小組，完全不搭裡前方木箱上的巡查，瘦巡查為了不讓情況失控，舉起警察配備的木棍用力敲著保正家的牆，保正皺眉心疼得很。

「大家安靜。」瘦巡查大喊。

善良百姓習慣了忍氣吞聲，看見警察揮著警棍，為免節外生枝，大家很快嗦了聲，個個張大眼睛盯著看著。

「上庄那孩子溺斃是個意外，你們不要穿鑿附會，硬要說他是被老虎怎樣了，硬要這麼說，就是散播謠言，那就等著來繳罰款吧！」瘦巡查語氣強硬。

「大人……」有人還企圖扭轉，但完全沒機會。

「七星郡警察廳廳長就是這麼交代的，大家好好遵守就是了嘛！」

瘦巡查快速做結，話一說完頭也不回地走了，留下滿場恨得牙癢癢的民眾。

阿香的爹開會後回到家肚子還是一股氣。

「日本警察都是吃屎的，竟然說沒真憑實據就不能說有看到老虎，否則就說我們那是散播謠言，啊不然阿香是被什麼咬住？阿雲的火鉗丟到的是什麼？難道是魔神仔？」阿香的爹氣起來口無遮攔，阿香的娘急得直是「呸呸呸，你生氣就生氣，說那什麼……厚……」阿香的娘說著眼睛還溜轉看向四周，生怕阿香的爹這麼一說，就有那魔神仔來了。

石角庄沒有哪一家有阿香阿雲兩姊妹和老虎對峙的經驗，養雞的林清水他家是損失了整窩的雞，但也只是在林家後院裡找到老虎蹄印，林家三個孩子都沒和老虎正面對上，沒經歷過那千鈞一髮與死神擦身而過的震撼，事情雖已經過近兩年，每次想起都是後怕。

阿香和阿雲都能理解爹的氣憤，但在日本統治之下，靠官廳不如靠自己。

「阿爹，別生氣了，我們自己小心就是了。」

「唉，也只能這樣了！」

其實，自從阿雲茅廁驚嚇後，阿香就向爹娘提出一個建議。

「我想，我們是不是天色一暗，大小解的事就都在屋裡的便桶解決，第二天直接提去菜圃施肥，阿爹，你看這樣是不是更方便？也可以免去再從茅坑舀糞施肥的一遍工夫。」

爹娘聽著也覺著可行，至少是不需再為晚間上茅房擔驚受怕，當下便答應了。

「嗯，從明天起就這麼辦吧！」

「阿爹，是從今晚就開始。」

「噢，是喔，從今晚開始。」

無論是阿香險遭虎吻或是如春家的雞全被叼了的事，進財都放在心上，她們都是他的好朋友，對於擾亂庄民清靜生活的老虎更是恨之入骨，巴不得自己能有些許功夫，就像拳頭師何水兒子阿清提過的，大稻埕說書人講的那打虎英雄的好功夫，萬一再遇上老虎時也能應對。

進財每每想到何清口沫橫飛說著大稻埕和說書人諸事，心裡總湧起一股前去台北城逛逛的念頭。何清說的要去台北城得在劍潭乘船，船行駛在基隆河上，兩岸風光總讓人目不暇給，部分河面還看得到養鴨人餵鴨趕鴨的畫面，這些總將進財的心撓搔得癢絲絲，進財甚至有了好好練功拿下老虎，再綁著老虎乘船到大稻埕去賣的夢想。

這個夢想促使進財不再像舊日那般放牛，早些時牛吃草的時候他便倚著樹幹嚼著草莖，做著不切實際的白日夢。自從撞見老虎之後，現在的他會在阿牟和阿靜吃草時，隨手撿些小石子，或蒐羅鬼針草、曼陀羅果放進隨身帶著的加薦仔[17]，除此之外更是不偷閒地勤練拳腳。

可即便是進財無師自通練得虎虎生風，路過的庄民偶爾少不得揶揄他幾句。

「進財啊，練什麼拳？打虎拳啊？」

「沒啦，隨便打打的啦！」進財不好意思撓撓後腦。

「我就說嘛，你那三腳貓的功夫能做什麼？可別想要打老虎喔！」

「我……」

進財心思被看透，忒是尷尬，一尷尬便想著抓老虎本該官方處理，進財從長輩們開會後的反應，也知道警察廳不認為真有老虎擾亂民眾，反而直指

17 加薦仔：藺草編織成的提袋。

有人藉老虎生事，要治無中生有的罪。

進財想著便氣，看誰治誰？

於是，進財想了一個法子。

那法子屢試不爽。

老虎來無影去無蹤，有時東庄有時西庄，放牛的他說總看見老虎四處奔竄，進財直接趕著牛奔去派出所報官。警察問進財哪聽來的，進財說是自己遇上的，誰都沒說，怕其他人胡亂傳播，他會被當成散播謠言的人。

「大人，我第一時間就趕快來派出所報官，你看阿靜和阿牟被我趕著跑得多喘啊！我這一加薦仔的小石頭就是收集來丟老虎好保命的。」

負責庄里民政的巡查受理了進財的報案，心裡想著這小鬼山林野地放牛遇見老虎大約不假，為免老虎真跑進庄子裡作怪，寧願信他，可信他的結果便是疲於奔命。

十、血淋淋一條斷腿

春暖花開時候，風光明媚，野地裡蝶飛蜂舞，禁錮了一個寒冷的冬天，萬物都盡情伸展肢體，有些孩子長了一歲更懂事了，有些則從躺在搖籃的娃娃進一步到會走會跑會跳，像抓不住的小動物時時東蹦西跳，父母兄姊都忙活的時候，就只能交給留守家裡的老阿嬤看顧了，可這也常把老阿嬤累得跟老狗一般氣喘吁吁。

可不是嗎？邱家老阿嬤的嗓門又飄向山坡了。

「阿田啊，你在哪裡？」老阿嬤邊忙著拉緊褲頭邊喃喃道：「這孩子真像條蟲，我才去個茅房，他就跑得不見蹤影……哎唷……萬一阿田就這樣跑進山裡可怎麼好？」於是她又喊了：「阿田啊，回來啊！」

老阿嬤還繞住家四周喊著找著，半晌都沒見著阿田身影，不由得心急了，這孩子到底家裡命根子，怎麼樣也不能出半點差錯。

「阿田……」

一語未竟，老阿嬤便瞧見了圳溝邊趴著的一個小人兒，從身上那件衣服便瞧出是自家的阿田，阿嬤疑惑了，「這孩子到底趴在那裡做什麼？」

老阿嬤來到身邊了，阿田仍然無知無覺。

阿嬤彎著上半身，低下頭看去，就一條小圳溝，溝裡流水清清，還看得見溝底的小石頭，這也能讓阿田忍受太陽照射目不轉睛看著？

老阿嬤實在無法理解，太陽照得她口乾舌燥，她不想再這麼毫無目的地盯著一條小圳溝，可她也得把阿田帶回家去。

「阿田，起來，我們回家去。」

阿嬤伸手拉了阿田衣服後領，阿田脖子被前襟勒住不得不抬起頭來，然後他回轉半張臉看著阿嬤，他正笑著，笑得燦爛如路邊開著的小花，如山坡迤邐的芒草，如天際飄動的雲朵。阿嬤被這張兩歲的稚嫩笑臉迷住了，孩子多天真多可愛啊！才一條小圳溝便能讓他滿心歡喜，果然是無憂無慮的日子才好過。老阿嬤回給阿田一個硬擠出來的微笑，兩歲的阿田怎懂得老阿嬤那是活過六、七十個年頭，嚐盡艱苦之後意味深長的笑容。

「阿嬤，蜻蜓，漂亮。」阿田試著表達他的快樂源泉。

「清廷？那真是腐敗啊！如果不是清廷的無能，我們現在怎麼會被日本統治？」

阿田太小了，聽不懂阿嬤說些什麼，他所有的焦點都在從溝裡飛起來的蜻蜓，他雀躍地跟著撐起上身爬起來，指著在眼前拍翅轉圈圈的蜻蜓歡呼著：「蜻蜓、蜻蜓……」

老阿嬤這才恍然大悟，原來小孫子看的是蜻蜓說的是蜻蜓，不是她說的清廷。

阿嬤想著就覺得好笑，呵呵兩聲笑了，阿田見狀也呵呵笑了兩聲。阿嬤牽起阿田的手，慈愛地說：「阿田啊，你現在這個年紀最快活了，不用煩惱吃穿，不用煩惱工作……」

阿嬤還想說些什麼，低頭卻看見阿田傻呼呼笑著，就覺得自己真是無聊，跟才兩歲大的孩子說這些做什麼，這一想打住了，牽著阿田緩緩走回家。

年節裡石角庄的鞭炮接連著放，山裡的老虎被那直上雲霄的劈哩啪啦炮聲給擾得不能清靜，乾脆暫時離開那處。劍潭山連綿山巒處處可為家，老虎晃蕩晃蕩便到了滴雅庄，之後接連幾個庄踅了個遍，不自覺得又繞回了石角庄。剛回到石角庄外那日，不偏不倚便見著了老阿嬤牽著阿田回家那一幕，阿田那白嫩嫩的軀幹看得牠直流口水，於是開始籌謀著如何接近那可人小寶貝。

家住在庄子邊陲的邱家，爹娘都得上山開山墾荒，兄姊則是各到不同主家去受雇幫傭。家裡只留下阿嬤和最小弟弟阿田。邱家住處靠近山腳，遠離密集民宅，邱家阿嬤一心純善禮拜觀音菩薩，對於外界的事聽過即止，不太愛加以臆測討論，石角庄鬧得沸沸揚揚的老虎作怪一事，她和兒媳與孫兒孫女們在家都討論過，但過後她便不再多置放心思在那之上，她和之前不同了，整個心思都在這個後來再落地的兩歲小孫兒。兩祖孫宛如化外之人，無愁無惱地一天過著一天。

有一天，老阿嬤剛幫家人縫補了衣褲，兩眼正瘦澀得直用手揉著。阿田臥鋪上玩著，見著阿嬤揉眼睛，下了臥鋪靠上前貼心要為阿嬤揉揉。

「阿嬤，我來，幫妳，揉揉。」童言童語是一道暖流，流進阿嬤心坎。

「阿田啊，你真乖。」阿嬤彎下腰，阿田順著阿嬤的腿爬上了阿嬤的膝，再站上阿嬤的大腿，肥嘟嘟的兩個手掌貼上了阿嬤的前額，毫無章法地揉捏一氣。

「呵呵……」阿嬤歡喜得笑了。

「嘻嘻……」阿田也自得其樂地嘻嘻笑著。

祖孫兩人正其樂融融時，門外飄進了一個影子，阿田眼尖瞥見了，他張著嘴好半天只發出了「你……」一聲。

阿嬤發現有異，放下阿田，也看見了一位老態龍鍾，似是比她還要多些

年紀的老人。阿嬤疑惑了，他們邱家地處偏僻，頂多只有胡土家的人偶爾過門，其他從不曾有人來訪。

這人到底是誰，來我們邱家做什麼？阿嬤滿心疑問。

在石角庄老虎幾度功虧一簣，都因自己虎形外貌讓人心生警惕，這些日子以來牠早盤算該在外形上做些改變，想了又想，各庄頭總流傳著虎姑婆傳說，牠便扮成老太太模樣拉近與小孩的距離。

所以，某日牠順手竊得了某一家老者的黑色衫裙，往身上一套正可以遮掩滿身花紋，只是那截尾巴可費了牠好大心神才繫上了腰際，為了能夠萬無一失，還苦心孤詣地學著老太太們的聲調，壓扁喉頭減少粗啞聲音，也不知能不能騙倒小孩兒。今天可是牠準備多時之後打算小試身手的首航，牠是盼著能得心應手手到擒來，可也不無擔心自己假扮老婆婆模樣能否蒙混過關。

這會兒邱家阿嬤瞇著眼直盯牠看，看得牠渾身上下都不對勁，以為自己露出了老虎尾巴，這一忐忑更忙著轉頭向後看，看看那好不容易藏在大黑裙裡的尾巴有沒有露了出來。

「妳是誰啊？」邱阿嬤老眼昏花看得朦朦朧朧。

「呃……我……我……」老虎一時結結巴巴說不出個所以然。

「妳什麼妳？」阿嬤看似很認真地上上下下打量著眼前這位。

「我就……就妳外婆的堂妹的兒子的表姊。」老虎胡謅了起來。

「那是我的誰呢？」邱阿嬤瞇著眼認真想著。

「阿嬤……她……」阿田走過來扯了扯阿嬤的裙擺，他想說的是姑婆的嗓子真難聽，可是他還沒說就被老虎搶先發話了。

「嗯……就這小娃的姑婆啦！」老虎盯著阿田的眼神亮了起來。

「這怎麼對？」

「對啦對啦，就這小孩的姑婆啦！」

「是阿田的姑婆？」阿嬤還在想。

「是……是阿田的姑婆。」

「哪裡的姑婆？」

「就……」

老虎扭著身體要給出個答案，不巧讓尾巴給滑了下來，阿田晶亮的眸子瞧見了，更用力甩著阿嬤的手。

「阿嬤，姑婆，有尾巴。」阿田指著老虎後背。

「呃？」阿嬤愣了半晌，開口說的卻是，「阿田，會說三個字囉，你進步了。」

原先忙著閃避不讓邱阿嬤看見尾巴的老虎，這時整個放下心來，還歪愣著頭盯著邱阿嬤看，真不明白，到底什麼是這家阿嬤最在意的事？

阿田語句加長在阿嬤看來是大進步，一時高興，完全忽略阿田的語意，更忘了方才糾結上門的人是哪裡來的姑婆這事。

「來，來，阿田姑婆請進屋來。」

「噢，謝謝。」虎姑婆老實不客氣地大步走進屋裡。

阿田還是一雙眼珠子都在虎姑婆身上打轉，見牠那迫不及待的神情便有說不出的納悶，再看那一雙無與倫比非人的大腳蹄，尤其腳趾尖又長可怖極了，一害怕阿田就往阿嬤身後躲。

「怎麼了？怎麼了？」阿嬤拉著阿田直問。

「阿嬤，姑婆，腳，腳……」阿田還是往阿嬤身後躲。

「姑婆腳怎樣？」

邱阿嬤忙低頭看，虎姑婆早把腳蹄子藏進黑裙底下，老阿嬤什麼也沒看見。

「阿田姑婆請喝水。」

阿嬤給虎姑婆倒了水，虎姑婆害怕露餡，兩隻前蹄摀在胸前，沒拿水杯喝水。

「阿嬤，姑婆，姑婆……」阿田有好多話想說，可他語彙有限，難以表達。

「阿田，別怕，這是姑婆，不是壞東西。」

阿田仰頭望著阿嬤，他真不懂阿嬤。

「是嘛，是嘛，姑婆不是壞東西，姑婆給你帶花生來了。」

虎姑婆知道阿田眼色好，為免再被識破，以極快速度把一包花生拋到桌上。

「哎呀，阿田姑婆，妳太客氣了。」阿嬤完全沒發現虎姑婆尖利的爪子。

「應該的，應該的。」虎姑婆口水直往肚裡吞，打量著尋個適當時機好吃了阿田。

「阿田，跟姑婆說謝謝。」阿嬤推著阿田向前，阿田不依地再往後逃。

「不要。」

「噢，你這小孩怎麼這樣不懂禮貌呢？這是你姑婆呢，姑婆還帶了花生來給你喔！」

無論阿嬤如何說，如何責備阿田沒禮貌，阿田就是擰著性子不跟虎姑婆說謝謝。

「阿田，姑婆比阿嬤老，皮都皺成一摺一摺的，你這樣姑婆會傷心呢，趕快跟姑婆道歉。」阿嬤催著阿田向虎姑婆道歉。

阿田不情不願道了歉，阿嬤滿意了，善良的阿嬤看日正當中，便留虎姑婆在家裡吃午飯。這太合虎姑婆的意了，牠想著阿嬤廚房忙著時，正可以一口吞了阿田，怎知虎姑婆如意算盤打錯了，阿嬤入廚去，阿田亦步亦趨也跟著進去，虎姑婆只能猛吞口水。

午餐後阿嬤陪著阿田臥舖上午睡，虎姑婆說牠椅子上打盹就好。一覺醒來，阿嬤發現通舖空空如也，沒有阿田熟睡的身影，屋子裡也沒看見虎姑婆，忙下了通舖四處尋找。

這日，進財由著阿牟阿靜一路吃草吃到庄外，才剛跨過庄界，猛然一抬頭看見瘸腿老虎一跛一跛，口裡啣著一個小孩，那小孩上半身已在虎口裡，只剩兩條腿虎口外晃著，阿牟率先有感牟牟叫個不停，進財也忙著朝老虎丟石子、鬼針草，老虎一慌掉了小孩一條腿，然後隱沒樹林了。

進財看著那條小小的斷腿，雖然不知是誰家孩子，也難過得眼淚直流，原以為石角庄的平靜是老虎安份了，哪裡知道老虎還是尋著時間便作怪。

進財又傷心又自責沒能救下那小孩，他用包午餐盒的布巾將那條細小斷腿小心翼翼包好，解開綁在樹幹的牛繩，準備進庄子去問問誰家丟了小孩。

沒走幾步，便遇見慌張奔來氣喘吁吁的老阿嬤，進財不需多想也知道是老阿嬤丟了孫子，不等老阿嬤開口問，進財將手上那截斷腿讓阿嬤看了，阿嬤見那條她親手縫的褲管，呼天搶地直喊著：

「阿田啊，我的孫啊……」

那淒厲哭喊直畫破天庭，方圓幾百公尺的人都聽見了，許多人紛紛放下工作奔了過來，這才知是老虎叼走了邱家小孫子。

有人攙扶著邱阿嬤返家，進財趕著兩頭牛直奔派出所報官，這是活生生一條小生命哪！

十二、一桶麵粉一桶水

「阿嬤，姑婆，有尾巴。」

阿田童言童語可愛模樣一直縈繞在邱阿嬤腦際，阿嬤捶心捶肝自責再自責。

「好好一個可愛的孩子讓我給照顧到被老虎吃了，我個老太婆真沒用，怎不是我被老虎叼走啊！」

「阿娘，妳莫這樣想，這是咱們運氣不好，老虎叼去了咱們家阿田，是阿田命不好我們命不好，妳是我的阿娘，孩子們的阿嬤，說什麼也不能讓妳被老虎叼走。」

「阿木啊，是阿娘沒照顧好阿田，他才會被老虎叼去，你怎不怪阿娘？」

「阿娘，我們怎會怪妳，是那老虎獸心獸性，妳好人家怎奈得了牠……」阿木的老婆也加入安慰行列，但畢竟失去孩子的是她，一個原是經常在眼前活蹦亂跳的孩子突然就沒了，心裡的痛比誰都椎心。

剛失去阿田的那幾天，阿嬤整天以淚洗面，滿腦子都是阿田語彙增多讓人欣喜的影像，回頭便又怨起自己太過大意，以致失去可愛小孫子阿田，但再多懊惱也換不回她家可愛的阿田。

阿香想起自己遭老虎咬傷那時，邱阿嬤為她收驚，那溫暖一直都在心中，因此順道約了好姊妹如春一同去探視邱阿嬤。

「邱阿嬤，您要放寬心，不要再難過了，我們都像您的孫子一樣，我們會陪著您。」阿香說著送上一塊赭色物件：「這是我阿娘自己醃製的膽肝，說給阿嬤補補身子，阿嬤您要多吃喔！」

「是啦，這是我家母雞下的蛋，很營養，給阿嬤您養身體。」

「阿嬤，我們兩家距離近一些，邱阿伯和伯母跟哥哥姊姊上工時，您就來我家，我和如意、立明都能陪您。」

如春此說貼心，邱家人都感念並道謝。

家人鄰人相續安慰阿嬤，面對這些溫情阿嬤更是羞愧，羞愧加上懊悔以致茶不思飯不想，沒幾日整個人便消瘦無神。眾人皆認為阿嬤是因失去阿田而傷心難過，殊不知這當中還隱藏了阿嬤啃噬心脈的秘密，她是如何也沒勇氣開口，向大家坦承虎姑婆是她引進家門的，她無法設想說出真相，將會引發什麼樣風波，她只一逕責怪自己太過無腦，活生生將阿田送進虎口。

便是這活生生將親孫拱手獻給老虎的念頭持續盤旋腦海，遂在邱阿嬤心裡纏縛一頭比老虎更可怕的獸，邱阿嬤因此日漸虛弱，逐漸纏綿病榻了。庄民眼見邱家如此情形不勝稀噓，感嘆邱家難不成失去一個小的還要賠上一個老的！

「唉，邱家真是流年不利啊！無端來了一頭老虎吃了小孩，老阿嬤還因此病得不成人形，真是可憐啊！」

「邱家這情形是夠讓人同情的，可老虎在哪裡如今還不知，我們每家每戶都不能等閒視之啊！」這人除了同情邱家，也聯想到危機仍然四伏。

善良的庄民除了隨時提高警覺，也不忘經過邱家時去探望老阿嬤，順便也勸慰勸慰老人家。

「邱阿嬤，遇到這種事也是教人無法預測的，沒了阿田是真的叫人難過，但您要顧著自己的身體，千萬別傷心過度啊！」

「邱阿嬤，不要再想那些讓人傷心的事，您要多吃，等您精神好些時，跟我們一起去抓老虎。」

這段日子以來，邱阿嬤想的都是如果當日和虎姑婆商量，以她替換阿田，她是完全不會皺一下眉頭。可恨的是虎姑婆連給個商量機會也沒，趁她午睡靜悄悄地叼走了阿田，她早就非常氣憤虎姑婆，現在聽到庄民們邀著抓老虎，這便有機會直面虎姑婆，何以如此獸性大發，讓她陷入悲情悽苦？

「阿娘，沒有人會怪您，這是咱們的命，我們已經失去一個阿田了，您可要好好活著呢！」媳婦端來一碗魚湯，「阿娘，喝碗魚湯，這是胡土大哥送來的鮮魚煮的呢！」

子媳頻頻訴說不能失去她，邱阿嬤一轉念心門略開了。

「呃……呃……扶我坐起來喝……」

好的轉變，邱家人歡喜。

邱阿嬤日益恢復健康，庄民們也同喜。

阿田的細皮嫩肉老虎飽食一餐後還意猶未盡地直舔著嘴角，心裡則是惱怒著，若不是那個放牛牧童，怎會奔逃時遺落了一條腿，想想還真是可惜！一次的食髓知味，這隻瘸腿老虎積極計畫再如法炮製扮裝虎姑婆，選個村子找個孩子大快朵頤。當然牠也知鄰近市區的庄子可能正等著對牠來個甕中捉鱉，於是老虎轉而近山的偏遠庄子尋找小孩。

庄里邱家阿田被老虎咬走一事，因為一截斷腿的實證，環繞著劍潭山各庄街的百姓確信了有隻瘸了腿的老虎，會假扮成遠道而來的姑婆，大家時時戰戰兢兢不敢掉以輕心。

叫人痛心的是劍潭山環山地帶頻頻傳出虎姑婆吃小孩的事件，有的父母發了狂似地穿街走庄的尋找自家失蹤的小孩。

「阿心啊，妳在哪裡？」

「阿日啊……回家喔！阿娘給你留了一隻雞腿喔！」

「……」

「……」

可結果往往是只在山徑小路找到小孩已然破爛的衣服。有幾個失蹤小孩，家人什麼也沒找著，連個身上配戴的宮廟求來的平安符也沒尋著。

若一切如此也不足為奇，可偏偏小徑山路上頻會出現教人感到詫異的景象。這無人

能解的狀況是，在某些失蹤小孩衣物旁竟發現了醬油瓶、豆瓣醬罐……等各種不同佐料罐。

原先庄民還會互相提醒該要各自檢查家裡的佐料，但如春一番話點醒了爹娘。

「這不是我們這地方慣用的醬油，還有我們石角庄的人也不愛吃豆瓣醬，這些都是從別的地方來的。」

林清水上市集賣雞時，也把這事跟其他小販說了，經由各攤販傳播出去，人人都知道這些佐料來得詭異。

不只各街各庄居民摸不著頭緒，就連日本巡查也一頭霧水。

「欸欸，你們說這是什麼情形？怎麼會有這些醬料？」派出所所長說出大家的疑惑。

「會不會是老虎吃小孩時加的醬料？」壯碩巡查之說引發同僚大笑。

「呵呵，老虎吃人肉也要沾醬啊？那也太……」瘦巡查一語未竟，所長幫著接續下去，「這隻虎姑婆也太懂得享受了吧？」

這些對話好巧不巧真猜中了虎姑婆近日來抓小孩來吃的特殊行徑，老虎曾經窺見人們醮著醬油吃鹹粿和水煮芋頭；也曾見著小孩兒吃著的糖葫蘆上頭晶亮的糖汁，所看見的人們無論老少在食用時都是一臉陶醉，於是揣度著醮了酌料必然更添幾分美味，於是開始順手牽羊偷了雜貨郎雜貨擔子上的酌料。幾次下來，竟也懂得抓幾顆大蒜混著醬油，每每以這醬汁醮著小孩兒的手指腳趾，便自以為陶然在人間美味中。

虎姑婆這點小心思，日本巡查沒用心思遂不能察覺，雖是偶見路邊有空醬瓶，又聽得庄民們口耳相傳，但又沒真正見到老虎醮著食用的事實。

「這些我們都不曾親眼見到，你們千萬不要出去亂說，不然台灣人又要說我們日本人鐵石心腸，他們台灣人死不完之類的話。」所長說。

「知道了，所長。」

林清水夫妻因為有過家裡雞群受到老虎偷襲一空的前例，近期失蹤小孩人數不斷攀升，也就特別擔心虎姑婆食髓知味鎖定了他門家，因而每日清晨出門做生意前總是再三交代三個孩子。

「如春、如意，還有立明，我和阿爹上市集賣雞，你們三個千千萬萬要待在屋子裡，不要出到門外，更不能隨便就給陌生人開門，知道嗎？」

「可是，阿娘，我在屋子裡怎麼養雞？」立明問。

「養雞……養雞……就動作快一點，快快給雞撒了吃的就進屋。」

「阿娘，我洗衣曬衣也得在屋外呢！」如春覺得阿娘防得太過了，她和妹妹如意一直都在商量抵擋老虎的對策，最近如意剛想到一個法子，只差還沒實際操作過一遍。

「阿爹和阿娘請放心，我們會見機行事，我們會想出對付老虎的好方法。」

「妳們兩姊妹可不要以身犯險，該做的事做完就進屋，把門栓拴好就對了，打老虎抓老虎可不是妳們女孩兒做得來的。」

「阿娘，我們雖是女孩，可我們……」如意硬是要爭理，如春知道父母只是擔憂，沒必要在親情中爭輸贏，她撥著如意的手，示意她閉嘴。

「好啦好啦，我們知道，爹娘放心。」如春代表回應聽從父母命令。

一年中大大小小節日都有與各節慶相應的食物，清明潤餅，端午食粽。虎姑婆鬧得兇的這年，一樣照著習俗走，五月五大家照常慶端午。端午前家家戶戶忙著採買，粽葉飄香，不只市集裡熱鬧滾滾，庄子裡前前後後雖透露著擔驚受怕氛圍，可端午這大節日的興味也還是濃厚。

逢年過節市集裡生意忙碌，林清水夫妻兩人忙不過來，以往沒多做考慮便帶上老大這個巧幫手，可今年倆夫妻想了又想，還是作不了決定。設若讓如春隨行至市集幫忙，家裡便只剩下也才十一歲的二女兒如意和家裡唯一男孩立明，這可就讓林清水之妻掙扎再掙扎，究竟是謀生計多做些生意重要？還是留在家的孩子重要？

「我看就我們兩個去做生意就好，如春年紀大一點也懂事些，有她留在家裡照顧如意和立明，我比較放心。」清水妻子說。

「可是……節日生意量大，光我們兩個人手真忙不過來啊！」

「阿娘，沒關係，讓阿姊去幫妳和阿爹做生意，家我會看顧，我也會把立明照顧好。」如意挺直了胸膛信心滿滿。

「妳……可以嗎？」

「可以的，阿娘放心。」

「阿娘放心，我會乖乖聽二姊的話，沒事的。」八歲多的小兒一句「沒事的」倒教林清水夫妻忍竣不住笑了，也就不再堅持，如春便也就隨著上市集做買賣。

隔日，如意的娘出門前千叮嚀萬交代，走幾步就又回頭來叮嚀一番，來來回回一次又一次的耳提面命，叮嚀再叮嚀。一部木板小推車推了又停，停了又推，那不放心的情狀耽擱了好一些時間，若不是林清水發了火撂下狠話，「我看今天我們不要去做生意了，就讓上庄賣雞福仔吃下整個雞的生意，以後咱一家吃西北風就好了。」

如春看阿爹生氣了，趕緊扯了扯阿娘衣擺，再接手推著木板車往前行，這才讓阿娘不得不追上前，暫且把家裡兩個小孩拋在腦後。

其實，如意古靈精怪的腦袋瓜早想出一個怪招，就怕虎姑婆不上門，若是虎姑婆真上門來，她可要好好收拾虎姑婆。

那天爹娘和如春一出門走遠後，如意便端來一張椅子，踩上去將早先準備好的一桶麵粉和一盆水，並排放在門楣上方的橫樑。如意打的盤算是虎姑婆若真敢來，她不拴門栓，在虎姑婆推門進屋時，橫樑上的麵粉和水掉下來就夠糊了牠一頭一身，黏呼呼的虎姑婆怕是什麼也做不成吧！

「二姊，妳怎麼知道麵粉和水和在一起會黏呼呼的？」

「立明，你有點腦好不好？你沒看過阿娘或大姊要做天婦羅的時候，和好的那一碗麵糊？」

「看過啊，那又怎樣？」

「那不是黏呼呼的？」

「噢……」立明停了半晌接著說，「可是如果水和麵粉都不掉下來，怎麼讓老虎一身黏呼呼的？」

「嗯，你這麼說也對。」如意仰著頭看看方才她費了好大的勁小心翼翼放好的麵粉和水，想著立明的話，自己單純的想當然爾真有用嗎？會不會只是紙上談兵而已？

想了想，如意決定自己先作個實驗，看看這個擊退老虎的方法，是不是真有效果？於是她輕手輕腳地退出門外，再將兩扇門板輕輕虛掩上。立明一看心急了，喊了聲「二姊」就快手快腳用力拉開兩扇門板，說時遲那時快，兩扇門板震動的力道將門楣上的那一桶麵粉一桶水給震下來了，不偏不倚打上了立明身上，立明瞬間成了裹了白粉的人，當然那桶水也淋上身，一整個人有粉有水有麵糊。

門裡門外，如意立明相視大笑。

如意證實了自己想出的方法可行，立明則是突然聯想到自己彷彿人身天婦羅，更是笑不可遏。

立明還想到，平常阿娘或大姊做天婦羅的麵糊不過一碗公，炸出來的無論是番薯、芋頭或四季豆天婦羅，都好吃得讓他口齒留香，他曾經恨不得阿娘和大姊天天做天婦羅，可現在自己這一身二姊放在門楣上的麵粉量，又比每回廚房做天婦羅的量還多，想想就覺得可惜了那一桶麵粉，今天這些麵粉糊上自己身上，都可惜得心疼，若當真哪日糊上老虎身上，不就更是暴殄天物了？

十二、踩著豆子滿地滾

此後幾天，立明在屋子裡時不時就走到門邊仰頭看著高處，現在每天爹娘和大姊一出門，二姊就很費神地把那桶能做天婦羅的麵粉放上去，立明心眼裡祈禱著虎姑婆千萬別上家裡來，可別讓門楣上的麵粉白白灑了。

立明問過如意，如果麵糊還擋不了虎姑婆怎麼辦？

立明是親身經歷過麵糊上身的情景，就那一丁點的麵粉與水可能起不了大作用，至多是麵粉桶和水桶剛打在老虎身上的那瞬間，可能會讓老虎回不過神來，之後怕是沒能起多少嚇阻作用了。

「二姊，妳看我個兒小，麵粉和水還沒能裹滿我全身，那老虎可比我大多了，我們這樣一小桶水和麵粉，能有什麼作用嗎？」

立明的話一針見血直指要害，水還好，可麵粉是花錢銀買的，她們家雖不致捉襟見肘，可也不是闊氣人家能如此糟蹋糧食。再說，如意畢竟是方才十一歲的女孩，沒能耐在門楣上多放一些水量，每每要放上那一小桶都已是顫巍巍的，生怕一個不小心小水桶沒放穩，還沒遇上老虎就先打上自己了。

立明小小年紀見解非凡，提出的看法還真的讓如意一時半會兒想不出任何對策，一連幾天心事重重。

如意的娘也提心吊膽了好幾天，端午終於也過了，如春市集幫襯結束又回歸家裡，多了這個大女兒在家，如春的娘才算吃了定心丸，至少如春即將十四歲，也算是小大人了，在家排行老大的她總也懂事。

而如意和立明多了大姊在家相伴，心神也穩定許多。

現如今，爹娘要求該完成之事做完不可逗留室外，在屋子裡的時間一多，低眉抬眼都會和弟妹們的視線相交，瞧著瞧著便也覺得年紀正活潑的弟弟妹妹，因著獸性老虎為害庄街而被斗室困住，不禁為弟妹們感到哀傷。

該怎麼彌補不能室外盡興玩耍的弟妹？

如春想了想，想起市集裡遇見的雜貨郎阿發，當日市集裡聽他那一番么喝賣貨口條，真是趣味，於是便講了雜貨郎的故事。

「阿娘說那個雜貨郎有張舌燦蓮花的嘴，死的都能說成活的，他在賣貨時說的詞一套一套的，把每個逛市集的大嬸的心，都撓得心甘情願地一個個掏出錢來買他的各種貨品，咱阿娘也是其中一個。」

「阿娘買了什麼？」立明關心這個。

「真那麼厲害啊？賣貨郎都怎麼吆喝？」如意則是問這個。

「阿娘紅豆和綠豆都買了，桌上這兩袋就是了。」如春先是回應了立明的問題，接著便說道：「嗯……賣貨郎怎麼吆喝喔……嗯……比如他賣豆子的時候，是說人們都小看了綠豆紅豆這些不起眼的小豆子，其實真遇上麻煩時豆子是能小兵立大功呢！」

「呃？」

如意和立明相繼發出疑惑之聲，如春乾脆化身雜貨郎，直接將賣貨郎與上市集的婦人對話一五一十呈現出來，連手勢表情口氣都一併模仿了。

「大嫂大姊，其實啊，綠豆降火氣，紅豆能補血，夏天喝一碗清涼綠豆湯，利尿下氣兼解毒，妳買綠豆回去不煮綠豆湯就煮個綠豆粥，消暑解熱，也填飽了肚皮，『一兼二顧，摸蜊仔兼洗褲』[18]。再不然買個紅豆回去煮紅豆湯紅豆粥也行，紅豆行氣補血，清心火補心血，吃了讓妳紅光滿面神清氣爽，氣血暢通，變得年輕貌美。妳們說這豆子能讓人神清氣爽身體強健，不是立了大功嗎？」

「講了這麼好聽，除了能煮能吃它還有什麼功效？」

「唉呀，這位大姊，這豆子啊，妳若買了還來不及回家煮，路上便遇上登徒子或是歹人，妳不消多想隨手抓起一把豆子朝壞人身上撒去，這豆子立刻轉化天兵天將只為護衛妳而來，包準壞人面對豆子兵將的襲擊，所有邪思歹念瞬間煙消雲散，閃躲都來不及囉。」

「哈哈……真的是這樣嗎？」立明這樣問。

18 一兼二顧，摸蜊仔兼洗褲：台語諺語，一舉兩得。

「呵呵……大姊妳學得真像，妳也可以去賣雜貨了。」如意這樣說。

「妳又沒見過雜貨郎吆喝賣貨，妳又知道我學得像了？」如春抿著上下唇略帶微笑繼續說：「當那個雜貨郎這樣說的時候，市集裡聽到的人，也跟你們兩個現在一樣都笑了，很多阿姨大嬸異口同聲說『哪個頭殼壞掉的，花錢買紅豆綠豆來砸人？』可是我想想覺得雜貨郎說的不錯，這也是一種退敵的方法。對了，雜貨郎還說別小看豆子小小一顆，要是撒個滿地，滿地都是小小圓圓的紅豆綠豆，再勇壯的人也會站不住腳呢！」

如春最後敘述的這一段宛如電光石火，撞得如意整個腦袋乍現曙光，整個人手舞足蹈跳個不停，口裡還直發出咿咿呀呀聲音。如意這模樣倒是嚇壞了如春和立明，兩人忙分別拉住如意的一隻手，立明憂心忡忡直喊著：「二姊、二姊……」

「如意妳怎麼了？妳看見什麼了嗎？」因為如意一雙眼直盯著門板，如春心裡拂過一絲不祥，莫不是虎姑婆就在門外？

「哈哈，我想到一個對付虎姑婆的方法了。」如意開口大笑。

「什麼方法？二姊妳說呀！」

「就撒豆子啊！」如意信心滿滿說道：「大姊剛剛說賣貨郎說把豆子撒在地上，再勇壯的人也站不住腳，那我們就把阿娘買回來的紅豆拿來嚇退虎姑婆。」

「可是那是阿娘花錢買的，是要煮來吃的，撒在地上多可惜！」立明說。

「傻立明，我們當然不是現在就把豆子撒在地上，那只會害我們自己摔倒。」

「真的會摔倒嗎？」

立明畢竟正是頑皮年紀，在姊姊們還深思著精準作業方式時，他以迅雷不及掩耳地速度伸手推了其中一袋豆子，瞬間袋子裡的綠豆像趕著上戰場打仗的士兵洶湧而出，誰也不讓誰地一勁往前衝，就算泥土地面凹凸不平，依然面不改色鬥志昂揚。

見到這種狀況，如春和如意當場傻了眼，如春是忙著用雙手圈住沒被牽扯到的紅豆袋子，她可不願紅豆士兵也和綠豆兵將混戰一場，那情形和她們一向喜歡玩的老鷹捉小雞極為相像；而如意則是快手快腳要搶救那袋還在一顆推著一顆往前滾的綠豆，真正的敵人還未見到，就算操練也不需全隊都上場吧！混亂中兩人根本無暇關照立明，就這麼片刻工夫，立明已經親身試煉了，他猛的踏向快速移動的綠豆陣勢裡，不消說，在他還沒來得及反應，便已滑倒在地，這一摔痛得他差一點屁滾尿流。

「立明，你傻啊？踩踏綠豆。」如意說。

「我就想試試是不是真的像賣貨郎說的那樣。」

「現在知道賣貨郎說的是真的了喔！」如春扶起仰躺地上的立明，撫著他的後腦杓，更撥開頭髮檢查有無傷口，還關切問道：「有沒怎樣？」

「沒怎樣啦！」立明自己也撫了撫後腦。

「豆子怎能這樣撒？」

「不然，二姊妳說什麼時候撒豆子？」

「我知道如意的意思，我們隨時準備好，如果虎姑婆真敢闖進我們家，就立刻撒出豆子，虎姑婆一定會摔個四腳朝天。」如春說到這裡突然若有所思，半晌接著說了：「那我們還要準備一捆粗麻繩。」

「粗麻繩？」如意和立明都不明白用意。

「對，粗麻繩，一大捆。」

「大姊，要粗麻繩做什麼？」

「虎姑婆摔個四腳朝天的瞬間，我們要趕快在牠還沒反應過來的時候，用粗麻繩把牠腳蹄子兩隻兩隻綑在一起，這樣牠就動不了。」

「嗯，這個好，我們還可以把老虎賣了，讓人家去做虎骨酒。」如意說著自己還大拍其手。

「嘎……一定要這樣嗎？」立明想到方才自己那一摔還真是痛，如果虎姑婆來的時候綠豆紅豆齊發，疼痛一定更甚，設若真將老虎送去讓人肢解做成各類產品，立明真是不忍卒想了。

「傻立明，二姊只是說說而已，我們又還沒抓到老虎。」如春拍拍立明的肩安慰他，她知道小弟弟一向善良，現在轉移他的焦點帶他撿起滿地綠豆收拾殘局才是要緊。

「來吧！我們把綠豆撿一撿，這洗一洗還是能煮來吃，我們可不能浪費阿爹阿娘辛苦賺來的錢，也不能糟蹋農人辛勞種植的作物。」

「嗯，今晚就吃綠豆粥好不好？立明。」

「好耶！晚上有綠豆粥吃了。」彷彿已嗅聞到綠豆粥的香氣，立明眉開眼笑了。

林家三姊弟身體力行防範於未然，所討論過的對應方法必然如實準備，一桶水一桶麵粉會算準父母做完生意回家之前收下來，如意才不願讓辛苦做一天生意的父母成了無辜受害者。至於隨時準備派上用場的綠豆紅豆，就放在門邊架子上等候差遣，也免除弟弟不當心撒了。但就這兩項對策如意還是覺得不夠，以她的想法是，虎姑婆真來了，有所防備的她拉下麵粉桶和水桶的繩子，讓虎姑婆裹一身麵糊是第一步，第二步則在虎姑婆一隻腳跨過門檻時，就立即把整袋綠豆和紅豆都往地上倒，她不信虎姑婆還能安穩走路，滿屋子豆子一定會讓虎姑婆滾得傷筋動骨，在她們姊弟要聯手綑綁虎姑婆四隻腳蹄時，還是擔心虎姑婆一骨碌翻身再起，那她們三人可能會來不及反應慌了手腳，所以勢必再有個武器好讓虎姑婆更忙亂。

碰巧有一日如春帶著如意和立明送雞毛去邱家，好讓邱阿嬤手工製作雞毛撢子，那可是很受歡迎呢。路途上如意福至心靈，想到了可用晾乾的雞毛來對付虎姑婆，輕忽忽的雞毛一定能撓得虎姑婆直打噴嚏。

夜裡，她悄悄告訴了如春這個想法。

「可我們家的雞毛是賣給邱家做雞毛撢子的。」如春說。

「嗄？那怎麼辦？」

如意也頭痛了，能多一種武器，制伏虎姑婆的勝算就越大。

「大姊，我們偷偷藏一些起來好不好？」

「這樣好嗎？」如春擔心的是這個，「如果被阿爹阿娘知道怎麼辦？」

「我們是為了對付虎姑婆，阿爹阿娘如果知道了，應該不會生氣吧？」

「這我可不敢保證喔！」

「沒關係，有事我負責。」

如意說得彷彿她是對抗虎姑婆部隊的首領，自願一肩扛下所有責任。如春也覺得妹妹除了人小鬼大點子特多外，其實也是一個很有擔當的角色，也就默許如意的想法了。

如意接連想了這些招數，骨子裡其實也有幾分要看看虎姑婆有多大能耐。

這年的夏天雨水特別多，經常是雨一下就整天整夜，溼漉漉的天氣叫莫名失去小孩的人家心情更顯沉重，滴滴答答落個不停的雨水，無疑是孩子們的母姊婆姨們的淚水，偶爾的閃電雷聲更彷若這些婦女們的淒厲問天。

「為什麼是我的孩子被虎姑婆吃了？」

這種彷彿浸泡水裡的日子，需要忙活的大人不得不出門謀生，墾地種植的困難重重，溪河打魚的也多了難度，小孩和老人則都是被雨水關在家裡的一群，唯獨邱家阿嬤總是一身簑衣頭戴斗笠踽踽獨行於探望失去孩子的人家路途。

邱阿嬤懷抱「人飢己飢、人溺己溺」精神，感受許多有同樣遭遇的人家的悲傷，再以自己努力生活掙脫愁苦的堅定與人分享。

「……事情剛發生的那一陣子，我是只要一想到我的乖孫就難過的要命，總會想為什麼虎姑婆不吃了我，可後來慢慢想通了，或許是我家阿田前輩子和虎姑婆有什麼過節，要不然明明我和阿田都在家，卻偏偏是阿田被老虎叼走吃了，這是什麼因緣呢？誰能理得清？」

正因為邱阿嬤也是受害家屬，所說的話即便有人不甚認同，但也感覺有幾分道理。

邱阿嬤倒也不是一味的歸咎命數，她是以更陽光更正向的態度去面對，她告訴眾人：「我們現在是該想個辦法好好保護幼小的孩子，同時也誠心誠意地祝福這些小孩，祝福他們可以免除被老虎盯上的命運，可以不必墮入償還前輩子欠債的輪迴裡，我相信只要我們給孩子的祝福越多，孩子就能擁有越多福份，那些不好的壞的惡劣的運，就不會跑到上孩子的身上了。」

到底不是人人都有邱阿嬤這樣的智慧，她所說的話不是那麼容易讓人接受，但邱阿嬤並不氣餒，她依然不時地挨家挨戶去關切，並且教大家心存善念，祝福自己祝福別人，如果願意，再給山裡那頭不定時要下山吃小孩的老虎一點祝福。

邱阿嬤的想法是，老虎若山裡能吃飽，何至於跑到各個庄子使壞？

十三、雞毛當武器

很多人都不明白何以虎姑婆只吃小孩不吃大人？虎姑婆也自問過，為什麼看到大人會提不起食慾，看到小孩那甜嫩嫩的模樣，整個心裡就朝思暮念地想吃上一口？是大人滿身汗臭讓牠倒盡胃口，還是老人那老態龍鍾的舉止和自己幾分神似，也就不會想嚐上一口了？

仔細想了又想，又似乎不盡然如此。

依稀是許多許多年以前，劍潭山下某個庄子的孩童嬉戲間咯咯笑著，然後唱起了「虎姑婆、虎姑婆……」牠好像就是被那些甜滋滋的稚嫩聲音給喚醒，然後無意識地開始追著小孩跑了。

所以，是孩子們把牠召喚來的？

還是一切的起因是大人們告誡小孩，「再不乖乖聽話，虎姑婆會來咬你囉！」

虎姑婆有時也迷迷糊糊理不清頭緒，有細嫩的小孩肉可吃，牠寧願甩甩頭不讓自己多想。

於是，虎姑婆吃小孩的傳聞仍然時而有之，各庄住民交換防範虎姑婆招數也時而聞之，日本巡察受理小孩失蹤的案件也持續未停，日子便在這樣驚慌中一日過了一日。

吃綠豆粥那天，心思細膩的如意想著還未利用綠豆收拾虎姑婆，便已先祭了一家人的五臟廟，很是擔心武器備得不足，當遇上虎姑婆來襲可就功虧一簣了，於是，晚餐桌上便向阿娘進言再購買一袋甚至兩袋綠豆。

「做什麼急著買綠豆呢？還要我買兩袋。不是今天才吃綠豆粥，難道妳要連著天天煮綠豆粥啊？」阿娘吃著粥雖也覺得綠豆粥香甜好吃又消火氣，可也不能天天吃啊。

「呃……我不是要每天煮綠豆粥啦！」

「不然妳要做什麼？」

「我……」如意實在難以啟齒，不想明說是不想讓爹娘為她們姊弟擔憂。

「妳怎樣？阿娘問妳，妳就快說，什麼時候妳變得吞吞吐吐了？」阿爹也急了。

「呃……」如意還想著怎麼說委婉些，偏偏立明忍竣不住將一切和盤托出了，「二姊要阿娘再買綠豆，是她想出了用綠豆紅豆對付虎姑婆的法子了。」

「立明……」如春想制止立明已來不及了。

「什麼？對付虎姑婆？」阿娘從椅凳上跳起來，張口結舌的不敢置信如意這個還不到十二歲的女孩，竟是這般逞匹夫之勇。

「小小綠豆就能收伏虎姑婆，妳真是不知天高地厚啊！」阿爹這般感嘆。

眼看爹娘如此憂心，如春索性將如意想出對抗虎姑婆的方法一一說與爹娘知道。

「第一道關卡是在門楣上擺放一桶水和一桶麵粉，虎姑婆若真來了，一推門進來麵粉和水桶掉下來就糊了牠一身，然後我們再把紅豆綠豆撒滿地，虎姑婆便是站也站不住了，第三步是把雞毛往虎姑婆頭臉拋，牠必定被搔得噴嚏打不停，趁牠忙亂時我們再用粗麻繩綑了牠的四隻腳蹄。」

「哎唷，妳們這幾個孩子真是異想天開，虎姑婆是吃小孩的壞東西，哪這麼容易就被妳們收拾，門楣上能放多大桶的水和麵粉？還有因為滿地豆子而站不住腳的這事，如春妳真信那賣貨郎的鬼話？誰見過這等事？還有還有……雞毛能讓老虎打噴嚏，我還是第一次聽到，妳們真是太天真了……」

阿娘說的真多，每一言每一語都是不認同，除了沒有被雞毛撓搔的經驗，其他兩者立明可是真真確確有過一回，若說沒能實打實地制住虎姑婆，至少也能破壞牠想吃小孩的計畫。

立明覺得有必要讓阿娘知道如意的方法是可行的。

「阿娘，妳這是太擔心了，也小看了我們。」

林清水夫婦聞言望著兒子，這個家裡最小的孩子，還不到九歲的年紀，此刻聽他這麼說不知是該視他人小志大呢？還是該憂心他危機感不夠？

「阿爹阿娘，前兩種方法我都有實驗過……」

立明才說到這裡，林清水夫婦一聽他體驗過，忘了眼前的立明好端端的，兩人竟是各拉著立明一隻手，前前後後端詳再端詳，生怕立明親身試驗後留下了什麼傷口或後遺症。

「哎呀，阿爹阿娘，你們太大驚小怪了啦！立明不是好好地立在你們面前嗎？他如果沒說，你們也不知道，我們這些天不是都過得很好？」

那晚，林家三姊弟將擊退虎姑婆的計畫一說再說，極盡能事地仔細說解，只為了讓爹娘清楚並放心，當然也為了戰備武器的補給能夠順暢。

一切說開之後，如意收集雞毛也不需偷偷進行，阿娘很願意提供自家生產無須多花銀兩購買的備品。

其實，林清水夫婦是深感安慰的，自家三個孩子面對問題能集思廣益想出對策，衡量自家經濟能力之後，再以最儉省的配備做為對付虎姑婆的武器，他們沒有理由不支持孩子，沒有理由不做孩子最堅實的後盾。

不過是心裡還有幾分擔心。

如意雖然說明過雞毛用途，可是立明因阿娘的疑問「雞毛能讓老虎打噴嚏是她第一次聽到」而有了疑慮，一連幾天一直追著如意問，雞毛真有能撓搔得噴嚏連連這用途嗎？

如意讓立明問得煩透了，冷不防便拿來一根雞毛在立明鼻下唇上撓搔著。

「哈啾、哈啾……」

立明被如此這般撓得鼻腔癢勁直來，忍不住頻頻打起噴嚏，噴嚏一打多了，連鼻水也跟著汩汩流出了。

「二姊，哈啾……」立明伸手撥開如意持著雞毛的手，但如意隨即又上前撓他，立明便又「哈啾、哈啾……」個不停。

「好了啦，如意妳不要再捉弄立明了。」

「大姊，我不是捉弄立明，我是要讓立明知道，這小小雞毛也能是嚇阻老虎的利器。」

其實如春心眼裡拂過一個念頭，老虎是否和人一樣禁不起雞毛的撓搔？她也因阿娘之說而存疑了。為此她還特別隔天早晨等在進財放牛路上，特別問了進財。

「進財，你看過老虎打噴嚏嗎？」

真是大哉問，進財靜靜想了好一會兒，幾次和老虎照面，好像也沒看見過老虎打噴嚏，但似乎見過老虎竄逃時不知鑽進什麼植物叢，老虎彷彿打噴嚏般的仰頭哼了又哼。

進財也只能就所知回答如春，但他比較好奇如春為什麼這麼問。

「妳為什麼問老虎會不會打噴嚏？」

「我在想老虎如果會打噴嚏，我家的雞毛就可以讓老虎打噴嚏了。」什麼跟什麼？進財忙著要趕兩頭牛去吃草，沒心思細究。而如春得到了想要的答案，心裡更踏實了。

經過被雞毛撓得連連打噴嚏的經驗，立明完全能夠了解，從門楣的麵粉和水的機關，到紅豆綠豆加粗麻繩，再到此刻能引發噴嚏連連的雞毛武器，都是二姊竭盡心力的巧思，出發點都是為了不使家裡因虎姑婆的侵擾而有所損失。

「二姊，妳好厲害喔！這樣一來虎姑婆一定會被我們制伏。」

如意因立明的話愣住了，立明何來這麼巨大的信心？她雖是做足了準備，但也仍舊不敢掉以輕心，畢竟紙上談兵容易，實際操練才是真功夫。

「那可不一定喔，立明，我所想出來的這些方法，是有點可行，但是不是真的有效果，或是效果有多大，我其實也沒有多大的把握。」

「可是……麵粉和水那機關一定能成麵糊，豆子也一定讓人站不住，雞毛會讓人打噴嚏，我都經歷過，這些都有效果啊！」

「那是用在你身上有效果，到現在為止我們還沒有用在虎姑婆身上喔！」

「噢，也是喔！」

如意耐心跟弟弟說明，目前她所擬定的每一個對策都沒有十足把握，畢竟一切都只是她認為的理所當然，而橫行各庄的虎姑婆又是有利爪和虎牙的成精老虎，以她們家清貧的家境，麵粉、豆子和粗麻繩都已是花了些許金錢購置的，她們沒能有多餘金錢購買尖利如鐵釘和刀剪等器物，也只能因陋就簡，以家中所能掌握的物品，即便是看來不起眼根本無所用途的雞毛，或許就能成為最有效的嚇阻器具。

立明年紀雖不足九歲，可也完全明白如意這一向專心致志的作為，便是為了囚住虎姑婆，一除環劍潭山各庄住民的心頭大患。

可是立明小小心靈又不禁充滿疑惑，何以人與虎姑婆只能對立。

為什麼人和虎姑婆不能像他與姊姊這樣，和平相處？

每一庄的庄民都很善良，阿娘時常分享滬雅庄、北投庄等庄民的待人處事。而他們本庄的邱阿嬤在失去寶貝孫子阿田，大悲大痛之後，反是四處去安慰與她有相同遭遇的人家，立明會想虎姑婆沒看到這樣人與人之間互相關懷的美好嗎？

事實上，大半年以來，虎姑婆經常在山徑小路上看見人們發瘋似的尋找小孩，偶爾似乎也會感覺有什麼小蟲囓咬著牠的心，總有些微微的刺痛。尤其是每每見著那些尋找小孩的父母，嗅到了聲聲呼喚裡滿溢出來的愛與關懷，讓牠心裡也會想著，若牠也能這般被愛護著，就不會有此時浪跡天涯的孤獨之感。

虎姑婆說不上來那是什麼，只是那細微刺痛感之後，隨即有股暖呼呼的水流充滿整個身體，牠其實很沉浸在那股暖流之中，若能夠，牠也想長久浸泡其中。

尤其，虎姑婆不只一次在荒山野地和邱阿嬤擦身而過，牠本能地感覺愧

對邱阿嬤，邱阿嬤那一雙霧濛濛昏花老眼不知看清牠了沒？總之邱阿嬤總無感於牠的存在，一逕專注於她自己的路途。

虎姑婆曾經悄悄尾隨邱阿嬤，發現邱阿嬤是去勸慰被牠吃了小孩的人家，那個剎那，虎姑婆踉蹌了一下險些摔下山溝，邱阿嬤挖心剖肺地疏導受害人家屬，可明明她自己也遍體鱗傷啊！

她如何做到跳脫自己的傷心，只為平撫那些心有疼痛傷口的庄民？

那麼，自己呢？到底為何要擾得民眾心驚膽戰？

轟隆、轟隆……

突如其來的響雷震得虎姑婆反身要逃入山裡的洞穴，才起身想快跑，但瘸了的腿使不來勁，跑得慢了，老天直將豆大的雨往牠身上丟。

虎姑婆跑著，不忘仰頭瞪了天空一眼，可睚眥（ㄧㄞˊ ㄗˋ）[19]一瞪並未讓老天膽怯，雨珠更大顆地落下，虎姑婆突然醒悟，其實雨只是雨，並非專為對付牠而來。如此一想，忽忽想起，最初的怨只是因為虎形山開山鑿路，然後牠傷了腳筋瘸了腿，再之後便因嚥不下那口氣，開始尋找機會報復。如今細細想來，為牠所害的都是善良庄民，根本不是當時築路的日本人。

若要再細想，自己究竟是山還是虎？難道真是民眾們所說的外型似虎日積月累已修練成精了？

無論是虎是山是精，說到底自己好像是找錯對象尋錯仇了。

那該怎麼辦呢？

19 睚眥：注音或作ㄧㄚˊ ㄗˋ，意思為發怒時瞪著眼睛的樣子。

十四、三姊弟智退虎姑婆

即使虎姑婆曾經有過自省，但空腹時早忘了曾經浮現的一絲絲懺愧，找個孩子填飽肚皮還是牠首要之事。

牠吃過養雞那一家後院裡的雞，雖也是香嫩多汁，但那家裡大小三個孩子結實的身子骨想著才更是人間美味，虎姑婆來來去去好幾回在林家屋外徘徊又徘徊，總沒能尋到一個適當時機，就算吃那個最小的男孩也好。

不知是否因為得不到的永遠最香甜，虎姑婆三番兩次來到林家，或窺或探或伺機或等待，不知是時間點沒抓準，還是林家姊弟真有方法避開，總之牠一直都無法稱心如意，心裡好不懊惱！

每回躡手躡腳來到林家，總也想盡法子找個空隙鑽進屋裡，可林家的門板牆壁都像黏了什麼膠似的推也推不開、推不倒，牠只能隔著牆片聽著屋子裡三姊弟談笑風生。牠就不懂了，明明各庄頭都為了牠這頭吃小孩的虎姑婆傷透腦筋，家家戶戶不只緊掩門戶，還因風聲鶴唳而人人憂心、個個失神，可林家這三個孩子竟還能一如往常無憂無愁地歡樂生活！

可是也正因為林家這般的沒把牠放在眼裡，沒愁苦憂傷，才更挑起牠想征服三姊弟。

虎姑婆原是不想和人類直接面對面打照面，光是打扮成人類的模樣就得費上好大一番功夫，身上穿著人類的衣裙整個的不自在，而且也擔心無法盡如己意地藏盡所有該藏的地方，但直接見到孩子驚恐慌張模樣，勇者之姿瞬間浮現，自己好不快樂啊！

但多次接觸後，虎姑婆發現孩子們都絕頂聰明，聰慧的眼不消多久就能看穿牠是個冒牌貨，想當日邱阿嬤的金孫阿田便是了。虎姑婆也知道所有動物，包含人類也一樣，都是經一事長一智，牠走遍七星郡吃了那麼多個小孩，各庄庄民和小孩必定是絞盡腦汁想著對付牠的方法。一想到這兒，虎姑婆湧現想挑戰的心思，尤其此刻牠又被林家三姊弟的爽朗笑聲給撓搔得心癢難耐。這回，虎姑婆沒打算一定要吃到小孩，牠只是也有那能殺死一隻貓的好奇心，想瞧瞧屋裡到底有什麼有趣的事，可以讓這家孩子笑聲不斷。

「叩叩叩……」挽著一只竹籃的老邁婦人忍不住敲門了。

突然響起的敲門聲掐斷了林家三姊弟進行的抗敵演練，姊弟因如意故作誇張的摔倒樣而笑彎的腰，彷彿被點穴似地僵住了。

敲門聲停了，三個人仍彼此面面相覷，如春是長姊她率先開口問：「誰啊？」

「咳咳……」門外先是一陣咳，接著是一個低沉蒼老的聲音，「我啊，你們的姑婆，我來看你們了。」

屋子裡三姊弟一聽互看了片刻，彼此不言不語，只以眉眼唇角的勾動傳遞彼此想法：「果真來了！」

於是，大姊如春代表回應。

「是哪個姑婆啊？」

「我是你們水返腳的姑婆。」

屋子裡三姊弟聽到水返腳，是個陌生的地名，狐疑著那是個什麼樣的地方，是虎姑婆的來處嗎？可也奇怪了，虎姑婆怎麼會說出自己的來處？

在此同時屋子外頭那隻老虎正竊喜著，自己靈機一動，把三天前聽見牧童進財和他爹娘談話時，說到他們之前在水返腳如何如何，這時信手拈來說出了水返腳，果真震懾了屋裡那三個孩子。

屋子裡如春等三姊弟怎不清楚屋外來者，那便是近些日子以來鬧得人心惶惶，會吃小孩的虎姑婆，他們也早等著收拾牠，可這會兒事到臨頭，三人仍是略感惶恐忐忑，你看我我看你，好一會兒都沒任何動作。

「乖孩子，開開門哪！我是你們水返腳來的姑婆，我帶花生來看你們了。」屋外又起一陣催促。

「花生……」立明喃喃了一下眼睛也發亮。

如春決定開門了，不是因為立明嘴饞想吃花生，是擔心虎姑婆在他們這兒沒得個結果，會藉著送花生的名目跑去吃了別家小孩。

如春快手快腳躲在門裡右側，示意如意躲在左側，立明則迅速站到桌上準備好等虎姑婆進門就要立即拉開套著一袋雞毛的繩子。

「乖孩子，快開門……」

虎姑婆一語未竟，門裡如春朝如意一點頭，如春便拉開門栓，外頭原是靠著門板的虎姑婆，一個踉蹌上半身探進了門裡下半身則還在門檻外，這時門楣上的水和麵粉筆直兜頭罩下，糊了虎姑婆一身。這狀況大出虎姑婆意料，當下不無被嚇壞了，忙將踏進屋內的兩條前肢往後縮，顧不得自己那一身人類的打扮，拾起裙角倉皇向山坡跑去。

才將紅綠豆的袋口鬆開，幾粒豆子兵將已搶先竄出直奔戰場，如意還來不及撒下全部豆子，眼見虎姑婆那狼狽模樣，忍不住哈哈大笑，直笑岔了氣還咳個不停。如春也覺得意外，立明更是看不懂剛剛在他眼前發生的事，而他也因為這一個劇本所無的橋段而怔住，根本沒想到要傾倒雞毛。

「虎姑婆怎麼了？」

「牠嚇到了！」

「虎姑婆怎麼會嚇到？」立明又問。

「虎姑婆大概沒想到我們會來這一齣，所以嚇到了，哈哈……咳咳……」

沒吃到林家的小孩，還被門上掉下來的東西裹了一身，虎姑婆沒遇過這樣的事，那當下真的慌了，一路快跑回山上，路上還為了怕被路人發現而躲躲藏藏了幾回，等到回到山洞仔細嗅了嗅身上的東西，才發現是麵粉，那一頭一臉的麵糊牠也費了好大一番工夫才清洗乾淨。

事後想著想著，虎姑婆倒覺得林家的孩子有點意思，連帶也想起那時偷吃林家那一窩雞，那些雞仔可也沒乖乖就範，又是叫又是跳又是跑的，讓牠花了好大一番精神東抓西捕的，才吃了個爽快。

好不容易才到手的獵物吃起來才有成就感，越是這樣想越覺得有趣，當下決定得再找個適當時機上林家去。

「養雞那戶人家的孩子真是不簡單，竟然能想出把麵粉和水放到門楣上陷害我，幸好我還夠機靈，下回我可要小心些，得想想該怎麼避開門楣上的麵粉和水呢？」

一連幾晚虎姑婆心眼裡如此這般溜轉再溜轉，終於也想出了如何避掉麵糊災難，於是興沖沖出了洞下了山，不做停留直接就往石角庄養雞林家去。一路上少不得遮遮掩掩，牠不想要獵物還未到手就先遭遇重重困難。

至於林家，則是那日虎姑婆機警反應全身而退，林家父母當晚聞言還是後怕。

「虎姑婆如果再來，清水，你說怎麼辦才好？」林母這般憂心。

「你們三個可不要以為虎姑婆被嚇跑了就不會再來，牠是一定會再來的。」林父的擔心是另一個層面。

「爹，我們知道虎姑婆一定會再來，請你和阿娘都放心，我們這些方法都能有效對付虎姑婆，今天牠不就是嚐到苦頭才趕緊夾著尾巴逃走，牠再來可就不只這樣了。」如意滿懷信心。

「如意啊，妳不要太天真喔，妳看今天虎姑婆一開始就有了戒心，如春門栓一拉開，牠先試探性地前腳踏進屋裡來，一看苗頭不對趕緊就跑了。」

「阿娘，妳不要太擔心，大姊二姊和我，我們共有三個關卡，就不信虎姑婆都能料準了？」

「你們阿娘只是要你們多加小心，老一輩說『小心駛得萬年船』[20]！」

「爹，我們知道。」三姊弟齊聲回答，林氏夫妻除了相信孩子有能耐應付外，便是祈求菩薩庇佑。

其實，虎姑婆一逃離後，三姊弟就針對虎姑婆的反應歸納可能因素，後來三人都一致認為，虎姑婆的前腳踏入屋裡只是事出突然反應不及，倒是自頂上落下的麵粉和水讓牠有了戒心，這之後牠若再來麵糊能起得了作用嗎？

這個推論誰都不敢拍胸脯保證一定能或一定不能，只能等著虎姑婆再次上門便知分曉，但三姊弟也不因被虎姑婆識破了這個機關，就不再準備麵粉

20 小心駛得萬年船：意即做事要小心謹慎，才不會發生任何意外。

和水。

所以，從某種角度來看，林家三姊弟彷彿盼著虎姑婆再度來敲門。

這麼等著等著，終於等到虎姑婆又來了。

「叩叩叩……」

木板門一響起拍門聲，屋子裡三姊弟六隻眼睛同時骨碌碌地溜轉一圈，彼此抿嘴一笑，便是那「終於來了」的無聲交流。但還是得故作姿態的回應一句，「誰啊？」

這回是如意回答，這是他們早約定好的。

門外虎姑婆一聽是個甜滋滋的女孩兒聲音，忍不住直噝口水，那咕嚕咕嚕聲連木板門內的姊弟都聽得一清二楚，差點要噗嗤笑出，個個還得空出一隻手死死掩住嘴巴。

「我是你們的姑婆，帶花生來看你們了。」

「花生呀，我最喜歡吃了。」立明假意這樣說，心想千篇一律都是花生，能不能有點新詞？

但其實這是三姊弟商量出的台詞，故意要誘惑虎姑婆失去戒心。門外虎姑婆一聽自然以為屋裡的娃兒上鉤了，不無歡欣，再要拍門時突的想起前回門扇突然打開，害牠來不即反應煞住前腳便跌進了屋裡，也才會中了這家人的陷阱，這回可得小心啊！

「小寶貝乖乖，把門兒開開，我要進來。」

這回虎姑婆哼小曲似的唱道，牠就是不拍門板不靠門板。屋子裡三姊弟早預備好一切，各自上了戰鬥位置，三個人仍然執掌不同項目。

如春以迅雷不及掩耳的速度拉開門栓，卻遲遲未見著有尖利爪子的虎蹄踏進屋裡，正納悶時一個穿著花花衣裳的臃腫身體跳過門檻竄入屋裡，說時遲那時快，如春扯了一下綁住麵粉桶子和水桶的繩子，而如意則是不由分說盡全力傾倒紅豆綠豆，一時間屋裡滿地滾動的豆子和泥流般的麵糊，讓虎姑婆傻眼了。原以為避開了門楣陷阱一切便能順利進行，沒想到進了屋來才是更大的災難。

虎姑婆眼見桌子上站了個可口小男孩，小男孩瞠目結舌的模樣顯然還沒回神過來，這時不將小男孩吃下肚更待何時？

可滿地豆子教虎姑婆一會向前仆個五體投地，好不容易勉強撐起身體，便又被豆子干擾得向後仰，跌個四腳朝天。牠很努力掙扎要站起來，可才剛站穩一腳，另一腳便又被無形力量扯得劈腿滑開，再加上滿地麵糊泥流又多了困難度，這樣東倒西歪的結果是全身無一處不摔無一處不痛，恍惚間虎姑婆感覺好像牙都撞斷了，看來今天又一次出師不利了。

虎姑婆因此盤算著三十六計走為上策。

眼尖瞥見門扇洞開，於是連爬帶滾磨磨蹭蹭地翻出了門檻，一出了那家的門趕緊拔足狂奔。那當下還顧不得生這三個孩子的氣，心裡只一逕想著不知在何處聽過的一句話「留得青山在，不怕沒柴燒。」[21]

這一次逃竄得蹣跚，瘸腿再加上滿身疼痛本就跑不快，路上還差一點被放牛進財撞見，還是第一次裝死整個俯趴草叢，這才免去一場可能的危機。

虎姑婆忍著一身痛回到了自己的穴窩，認真回想方才發生的一切，就不得不佩服養雞人家的孩子，居然能想出這樣整肅牠的方法，若不是那幾個孩子沒想到反手關門，自己恐怕就會被困在那屋子了，下場會如何，還真是不敢想。

林家三姊弟又一次智退虎姑婆，一雙父母是一則以喜一則以憂，父親是喜，喜的是孩子聰慧想出的法子果然實用；母親是憂，憂的是人說有一有二必有三，一次兩次沒得逞，虎姑婆必然不甘心，定會去而又返，孩子便會又一次暴露危險之中。

「孩子的娘，妳別想那麼多，有道是『兵來將擋，水來土掩』，而且咱們家三個孩子同心合力，都已經兩次打退虎姑婆，我相信最後虎姑婆一定會被這三個孩子收服。」這回林清水對孩子不但刮目相看，而且更具信心。

「對嘛對嘛，阿娘妳都沒看到虎姑婆滿地爬的呆樣。」立明早忘了當時自己呆愣住的情形了。

21 留得青山在，不怕沒柴燒：比喻只要根本的能力還在，不怕將來沒有作為。

每經一次，三姊弟必會修正一些做法。

比如給門楣上的水桶和麵粉桶綁上繩子，比如說雞毛越收集越多，比如說在屋樑上備上一張大網，免得全心對付虎姑婆時無暇關上大門又讓牠逃之夭夭了。

而這些事如春送雞蛋給阿香家時，也都告訴了阿香。

「我真是佩服你們姊弟，這麼勇敢對抗虎姑婆。」

「阿香，這事妳千萬別說出去喔，到底是還沒拿下虎姑婆。」

「這麼神勇的事為什麼不讓庄民們知道？」

「妳又不是不知道，庄民們傳播速度有多快，如果這事傳開來了，虎姑婆躲著不來我們庄子，不是又害了其他庄頭？」

阿香想著如春說得也有道理，點頭表示同意，可是那天黃昏進財送野菜來她家，她還是忍不住跟進財說了。

「噢……如春她們姊弟還真膽大心細，能想出一連串對付虎姑婆……」

「欸欸欸……」

阿香趕忙捂住進財的嘴，轉述了如春交代的那一番話。

十五、美麗天使心

這一回虎姑婆休養了好長一段時間，長到林家三姊弟以為虎姑婆不敢來了。

如春還因此生了阿香的氣，她們三姊弟智退虎姑婆的幾日後，她在去邱阿嬤家的路上遇見進財，進財拉著她在路邊悄聲問她：「虎姑婆踏進妳家那剎那妳怕不怕？」

不消多說，如春也知道是阿香把一切透露給進財了。

她生氣了，不想跟進財多說。

「唉唷，這樣就生氣了喔？我又沒跟別人說。」

如春還是自顧自地走，進財忙跨大步追上來，從背後取下加薦仔遞給如春。

「給妳。」

「給我芒草做什麼？」如春看著那一袋芒草很是不解。

「之前妳問我老虎會不會打噴嚏，我就想芒草輕飄飄摸起來毛茸茸的，如果虎姑婆再到妳家，妳朝虎姑婆的臉丟芒草試試，說不定牠會打噴嚏。」

如春感謝進財對她的問題那麼上心，也就不再和他計較，收下進財的加薦仔，道了謝，還要他找個時間到她家取回他的加薦仔。

若要說虎姑婆不惦記林家三姊弟的細皮嫩肉，那真會是天方夜譚。所謂經一事長一智，虎姑婆這麼長時間深居簡出，除了療傷也仔細思索如何避禍。

養雞人家那三個孩子是虎姑婆遇上最難纏的孩子，但其實虎姑婆多少也欣賞這幾個孩子的聰明才智，為了把這些孩子吃下肚，還得費心神構思破解方法，對虎姑婆來講這是挑戰也是突破，更是自我實現。

這一日，虎姑婆精心打扮後又來了。

這已是第三回上林家，虎姑婆隨身帶了一把從某戶人家順手牽羊得來的掃帚，又穿了一件有帽子的大斗篷，牠已經想好推開林家木門的同時，便左右揮掃一番，必然能將滿地豆子和濺在地上的麵糊一併掃向兩側，只要中間空出一條走道，那便會是一條康莊大道，便能向林家三姊弟步步進逼，逼至裡屋廚房，逼得他們無路可退，屆時牠便能手到擒來大快朵頤了。

虎姑婆想著就要笑了，整個身體輕飄飄像空中雀鳥一般。

虎姑婆帶著美夢來到林家，不一樣的心情，一樣的開場白。林家姊弟回應也照舊，並迅速各就各位固守自己的守備位置。三姊弟依然信心滿滿，相信在三人機動作戰策略之下，一定能將一而再再而三來騷擾的虎姑婆制伏。

「快開門啊，小寶貝，姑婆今天不但帶了花生，還帶來了花生醬喔！」

虎姑婆聲音裡透露了迫不及待，如春如意便順水推舟，一個拉開了門板一個傾倒了豆子，只見一襲黑呼呼大斗篷的龐然大物跳過了門檻，奔進屋裡便持著掃帚將地上豆子往兩側掃去，豆子被那樣大筆一揮，很快地東撞西碰還帶起了「咚咚咚」的清脆響聲，若不是正與虎姑婆對戰中，那豆子旋律宛如夏日豆子的輕快進行曲，是會令人陶醉的。

三姊弟都沒想到虎姑婆會有這一招，三人均發愣了片刻，如意首先回過神來，繼續傾倒另一袋豆子，同時以眼神示意立明快快抛出雞毛和芒草，立明接到如意發出的訊息，立刻不作遲疑地兩手分倒一整麻袋的雞毛和一加薦仔的芒草，一時間滿屋子裡雞毛芒草四處分飛，虎姑婆還沒來得及細看，便已被迎面飄來層層疊疊的雞毛和芒草撓搔得頻頻「哈啾哈啾」的直打噴嚏。虎姑婆實在難受極了，雙手也越來越沒力氣揮動持著的掃把，一驚一咋間跌了個四腳朝天。如春見機不可失，一個箭步上前拉下屋樑上的網子，一張網便結結實實將虎姑婆罩住，如意更是快速遞補上前，趕在虎姑婆大力掙扎前，和姊姊合力收束了那張大網。

待虎姑婆反應過來時大勢已去，牠再奮力掙扎也掙脫不了那張網，到這時牠才徹底醒悟，自己以為的應變能力其實不堪一擊。牠作夢都沒意料到林家三姊弟的應變更縝密，自己雖是魔高一尺，終究難擋人類的道高一丈啊！

已是暮夏時分，空氣裡的熱度因太陽變軟而減了一些，可林家三姊弟因智擒虎姑婆的一番折騰，個個都如身陷地熱之谷，受火焰熱氣蒸騰而致一身汗涔涔，揮之如雨下，不當心時濺入眼角還會因帶了鹽分而錐刺，得頻頻眨眼睛，教手上正做著的事多耗費了一些時間。

其實小弟弟已貢獻過力氣，此刻功成身退一旁看著兩個姊姊忙活。姊姊們默契十足分工合作，二姊如意聰明絕頂，為防被虎姑婆利爪抓到，她站立在虎姑婆後背使盡全身力氣收束麻繩網，大姊如春則是以預先準備好的麻繩一圈兩圈三圈的捆住大網的網口，再和如意分別拉住一頭繩線用力綁死。

待合力捆好麻繩粗網，如春和如意癱坐地上，大口吐氣，氣喘如牛。被兩位姊姊排除在外的立明，看著姊姊們咬緊牙根大費周章地束緊網子，因為近在眼前，他很清楚地感受到姊姊們用盡全身力氣，只為確保虎姑婆被網子牢牢困住，再不能使壞。可立明也看見眼前為網子所縛無法張牙舞爪的虎姑婆，其實已如籠中鳥再不能耀武揚威了，何以姊姊們一定要把牠捆到無法靈活動作，難道真不能給牠一點點伸展空間嗎？

午後時分經過稍早那一場混戰，個個都已精疲力盡，連要說上兩句的力氣都無。此刻室內一片靜寂，姊姊們逐漸冷靜後，只剩極其微弱的喘息聲，除此之外，什麼也聽不到，即使是被縛住的虎姑婆也宛如死去一般。但偏偏這時屋後母雞無預警地咯咯啼著，極輕巧便劃破了一室的安靜。如意將之視作母雞為他們喝采，忍不住噗哧笑出聲，如春只覺妹妹和母雞都可愛，微微笑著，而立明怎麼會明白二姊這反應，純粹是神經緊繃之後的完全放鬆。

可他再睜大眼看向繩網，若不是他確知網中是那頭老虎，否則單憑那一件附了帽子的大斗篷，不知情的人必然看不出斗篷下裹著的是，曾令方圓數十里住家傷透腦筋嚇破膽子的虎姑婆。虎姑婆此刻雖無任何反應，但立明知道虎姑婆尚有一息，可牠到底為何不作反抗？牠當真認命願意束手就擒？

立明再踏近一步仔細端詳，網子裡滿臉皺摺無力回擊的不過是隻老邁可憐的老虎，完全察覺不出牠有何令人聞風喪膽的抓捕啃噬能力。

一隻沒有攻擊力的老虎，還需要怕牠嗎？立明這麼想。

三人一虎席地而坐，彼此間近在咫尺，可這會兒林家姊弟並不害怕一旁的老虎，過去多少日子以來，教環劍潭山各庄街住民提心吊膽的壞東西，此刻被綑在網子裡，不過就是一隻獸，一隻再無法各個庄街興風作浪的獸。

一切大致底定後，如春和如意這才起身坐上板凳，各自倒了杯水喝，也才有餘裕回想方才那一陣混亂。

如春瞅著網子，那蠕動的黑布巾下竟是一隻吃過無數小孩的老虎，而自己竟然和妹妹弟弟聯手制伏了牠，自己到底是怎麼辦到的？此刻回想不禁自感不可思議，又多了後怕，剛才萬一有個閃失，自己和弟弟妹妹恐怕已進了網下黑布巾裡那虎姑婆的肚子了，想著想著竟全身莫名起了疙瘩。

相較於如春的自省，如意一如以往一切只往前看，此際屋子一隅稍作喘息，在她想法是養精蓄銳，將虎姑婆繩之於網只完成了計畫的一半，另一半計畫她雖從未與家人提起過，但其實是早已擬好腹案，詳細進行步驟也早規劃好了，只是畢竟那是要徹底收拾虎姑婆的作法，她不輕易透露。

如意的想法非常簡單，依律法的殺人償命原則，以一命還一命來論處，眼前網子裡這隻虎姑婆可得死上好幾十回了。

時間像蝸牛般緩慢往前推移，三姊弟各懷心思彼此妳看我我看妳，如春盼著太陽快些踩著火輪回家，西天彩霞好迎著爹娘回來，至於如何處置虎姑婆，就留待爹娘回來作主了。可小小立明每多看失去自由動彈不得的虎姑婆一眼，心下便多生一分不忍，那不忍令他忘記虎姑婆曾給大眾帶來傷害。如意當然也知尊重長輩對於此事的處理態度，可時間拉長就多了變數，這危機感一直存在她心中，是以在她翹首盼著爹娘今日早早回來之餘，仍然匀著心神做好隨時要執行後半部的計畫。

剛被逮住時虎姑婆完全回不過神來，對於自己的栽在林家姊弟手上一事，是牠始料未及之事，牠一直以為自己能夠見招拆招，也一直以為小孩必定都會震懾在牠的兇猛之下，牠萬萬沒想到的是林家三姊弟的膽識與勇氣不在牠之下，非比尋常的勇氣和精誠團結的合作力量相加，那更是山洪爆發一樣無法抵擋。

此刻即便已是林家的網中之物，回過神的虎姑婆仍力圖振作，四肢齊發試圖掙開牢籠，因為不能束手就擒是牠一生信念。

「哎、哎……」虎姑婆在網子裡很不安分，不時唧唧哼哼。

如春和如意看著也頗不安心，姊妹倆對看後想法一致，都是擔心網子在虎姑婆不斷扭動下扯斷結網的麻繩，萬一破了個大洞虎姑婆鑽了出來，不說之前所有的努力都白費，馬上面臨的是姊弟的生命安全。這一想教如春和如意兩人不敢須臾鬆懈，一個反身入廚下取來火鉗不斷拍打虎姑婆企圖伸展的四肢，一個是使盡全身力氣把網子再束小一些，好憋住虎姑婆四肢讓牠無法真正動彈。

兩姊妹費了好大一番工夫，才讓吃了疼的虎姑婆稍微收斂一些。

忙過的姊妹又是滿身大汗，被綑得更緊的虎姑婆則氣如遊絲哀聲連連，小弟弟立明看見姊姊們汗水淋漓，忙去取來了毛巾好給姊姊擦汗，兩位姊姊連聲道謝，虎姑婆看得羨慕得很。面對網子裡唉聲嘆氣的虎姑婆，立明也想出個聲安慰安慰，可他就不知若真這麼做了姊姊會怎樣反應，因此只敢默默投以同情的目光。

繩網裡的虎姑婆好不哀嘆，這一切都怪自己太過大意，也怪自己自作聰明，若還是依循之前做法，趁著夜色昏暗尋一戶父母碰巧外出的人家，以糕點騙取小孩開門，便能手到擒來所向無敵了。可遇見養雞人家的孩子之後，一來是高估自己的智能，二來因貪念想要一次叼回三個孩子，因而選擇了午後天色明亮，小孩父母尚未返家的時段做案，結果是聰明反被聰明誤，落得此時叫天天不應叫地地不靈的境地。

此時被綑綁得渾身疼痛，從三個孩子的表情判斷不出接下來他們將要做什麼，自己的命運將會如何也不可得知，只是隱隱約約感覺此際已如風中之燭，再不能有昔日的虎嘯威風了。

「哎……哎……」虎姑婆還是不停掙扎。

立明向圓桌睇了一眼，兩位姊姊累癱了似的倚著桌面休息，他一是實在不忍心，二是覺得不真實，難以置信虎姑婆已經被他們姊弟縛住了。他帶著些微擔憂，憂心虎姑婆真撐破了網子，他便是自己送上虎口的點心。但這憂心很快煙消雲散，他更清楚虎姑婆若不是被姊姊們綑綁得過緊，何至於不舒服哼哼啞啞著。

「虎姑婆，妳別叫了，我知道妳不舒服，但妳只要好好待著不要亂動就不會難過了。」立明上前好生勸著虎姑婆。

虎姑婆還是哼著，如春和如意懶得理會虎姑婆，兩人都只盼著爹娘快快回來。唯獨立明想要解除這樣的窘境，他實在是見不得虎姑婆如此窘迫的場景，他又是勸又是說的講了一串又一串，虎姑婆依然無法安於現狀，不懂小弟弟天使心腸，還是一逕張牙舞爪，意欲扒抓立明的手腳，只要這男孩受傷了，或許就有機會和他兩個姊姊討價還價，給自己換來活命。

「立明，往後退一些，你沒看這個壞東西想抓你。」如意大喝一聲，虎姑婆立時收回伸出的爪子。

「沒啦，虎姑婆沒要對我怎樣啦！」立明壓根都沒想到虎姑婆要傷害他，反倒只想著虎姑婆在網子裡的不舒服不自由，他沒依如意之說後退，甚至沒做多想就上前雙手擰著綁網子的繩結，左扭右掏的打算放鬆些繩結，好讓網子裡的虎姑婆舒服些。

「立明，你在做什麼？」如意發現了。

「虎姑婆很不舒服，我想……」

「你想放虎姑婆出來？」

「我……不是……」

「什麼你不是？你不是已經在解繩子了？」如意抓住立明的小手，憤憤說道：「我們好不容易抓住虎姑婆，這是替大家除害呢！今天你如果鬆開了網子，讓虎姑婆跑了，我們不就做白工了？而且你如果真的放走虎姑婆，虎姑婆再去吃別家的小孩，你對得起大家嗎？」

「我……」立明恐懼於如意的振振有詞，一時無言以對。

如意心思靈敏反應迅速，察覺立明意圖後及時加以制止，並嚴厲告誡立明，千萬別做損人不利己的事，一旦縱虎歸山，虎姑婆必不會善罷干休，一定會再尋找機會來村子肆虐，到時候村子又將陷入愁雲慘霧之中。

「你喜歡過這樣擔心受怕的日子嗎？」

「我……」

如意的話立明無從反駁，過去幾年大家真是怕了神出鬼沒的虎姑婆，他是知道的。

「姊姊知道你心腸好，可是虎姑婆這個壞東西，害過多少人家你難道忘記了？我們好不容易費了這麼大的力氣抓住了牠，絕對不能再讓牠去危害大家。」

如春畢竟是老大，個性也較沉穩，同樣的道理經她這樣一說，立明頻頻頷首表示明白。如春知道立明不過是有顆菩薩心腸罷了，如意其實無需對他這麼兇，如春也藉機開導如意。

「妳看，話輕輕說，立明是聰明的孩子，他會懂為什麼不能放虎姑婆出來，這麼大聲兇他，會嚇到他。」

如意原還沒十分強烈要執行自己計畫的後半段，但鑑於太過天真的立明不懂分辨好壞善惡，如意實在擔心萬一在她和姊姊沒注意的時候，立明因一念之仁解開了繩子放走虎姑婆，那這之前姊妹所有的努力不就前功盡棄了？未來再想活捉虎姑婆怕是比登天還難了。

十六、共商處置方法

父母向來教他們的是與人為善，多為對方設想。可眼下是曾經擾得這塊土地住民不得安寧的虎姑婆，還要與牠為善嗎？如意心裡千百個不願意，可她也知立明本性善良，體會不來人獸之間的對立面，此時此刻只看見虎姑婆在他面前落難的情狀，便將一腔好心腸提得老高了。

不行，這事若再延宕，恐會夜長夢多，如意無法等到父母回來再做打算，無論如何她得當機立斷，左右打量一番後便義無反顧地往廚房走去。

如春對於如意突然就走向廚房完全是摸不著頭緒，滿腦子問號，到底如意要做什麼？

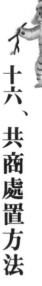

如春還沒來得及理出頭緒，如意便在廚房裡喊著立明了。

「立明，來，你快來幫幫我。」

「二姊，我來了。」被需要是很快樂的事，立明很快來到如意跟前。

「你去後院拿些木柴來。」如意頭也沒抬地說。

立明看著灶前正用乾稻草生火的如意，抬眼看看木窗外天色還清清亮亮，根本還不到黃昏炊煮時候，這時在大灶裡生火是為哪樁？再一瞧，立明看見大灶上那一大鍋水，更是不解二姊這是要煮什麼，得煮上這麼一大鍋水？燒熱水洗澡嗎？那不是煮完飯利用剩餘爐火燒熱一鍋水的

嗎？

低著頭生火的如意壓根不知道立明的這一番心思，猛一抬頭發現立明還杵在腳邊，不禁動了肝火，粗聲粗氣催促他。

「去啊，快去把柴火拿來，我這火快生好了，得有木柴來續啊！太慢了得從頭再來，你時間多啊？」

無端被這樣指責的立明著實委屈，抿著嘴濡溼著眼，轉身要快步奔向後院，只因一逕低著頭，差一點就和跟在他身後剛要走進廚房的如春撞個滿懷，若不是如春適時抓著立明那單薄的肩膀，他怕是要踉蹌跌倒了！

如春也被眼前如意忙著生火煮水的景象給搞糊塗了。雖說家裡生火燒水洗米煮飯的事一向都由如意負責，她早已能把時間掐到剛剛好，而且每日操辦得游刃有餘，可是今天這個時間她急急生火燒水，她是怎麼了呢？

「如意，天還沒暗，現在就生火會不會早了點？」

「生火燒水跟天暗不暗有什麼關係？」

「天黑了才煮飯，阿爹阿娘回來正好吃飯，不是嗎？」

「大姊，妳以為我是要煮晚飯嗎？」

「難道不是嗎？」

「可我這是要燒一鍋熱水呢！」

「對啊，妳這要做什麼？我都看糊塗了。」

「我這是要燒滾一鍋水。」如意露出得意的微笑並且故意不說清楚。

「妳是想先洗澡啊？」如春想得單純。

「才不呢，這麼早洗澡做什麼？我這是要燒熱水燙死虎姑婆。」

如意這話說得極其自然，彷彿說燒水洗澡那般，可偏巧聽進抱著木柴進廚房的立明耳裡，那可是要活生生燙死一條生命，當下一怔一愣腳一停手一鬆木柴嘩啦啦的散了一地，其中一塊木頭落了地又立時彈跳起來，不偏不倚彈敲到如意在灶前的右腳盤，如意哎唷了一聲跳了起來，沒當心右肩又撞到了灶台，一陣椎心疼痛比之腳盤更是痛進骨髓，當下左手撫住右肩，一股痛轉而成了氣，開口便罵了立明：「你做什麼？木柴敲到腳很痛呢！」

一旁看著的如春整個心是透亮的，她看著如意右腳和右肩接連碰撞，這會不會是邱家阿嬤一向勸著庄民要「心存善念」的道理？如意剛剛生起一個歹念，事情都還沒真正做下，老天的警告就先一步降臨。這麼一想，如春整顆心幾乎要沸騰了，身為大姊的她得勸阻如意，讓她打消燙死虎姑婆的念頭。

相較於如春的千思百想，立明則只是單一一個想法。痛？二姊這才木塊敲到腳，能有多痛？若是滾燙的水淋了上去，那是痛還不痛？

立明依稀記得有一次阿娘宰雞，阿娘是左手緊抓住雞的一對翅膀，再用右手先拔除雞脖子上的一小撮雞毛，然後右手以菜刀在雞脖子上劃開一道口，再將雞脖子那道汩汩流出的血，滴到先放了米的碗，等雞血凝固後，那就是可煮來吃的米血了。通常阿娘會等雞血流至乾涸，再將整隻雞放入已盛了滾水的桶子，奄奄一息的雞只消泡上一些時候，要拔除雞毛就快速多了。可那次不知怎的，其中一隻雞竟沒被滾水燙暈燙死，竟是撲拍了翅膀從桶子裡跳了出來，撲跳的力道非同小可，而當時阿娘根本沒想到會有這樣突然的事情發生，閃避不及，左手臂和左大腿都被那隻雞跳出時連帶濺出的滾水給濺上了，阿娘受到驚嚇後往後跳開，可憾事已然造成，家人被阿娘那一聲淒厲狂叫喊得齊齊出現，阿娘的左手臂和左大腿已是紅通通一大片，阿爹忙不迭地去取出醬油讓阿娘抹上[22]，阿娘那燙傷可是歷經了好些天才漸漸好轉。

如若當時全桶子裡的雞都瘋狂飛跳而出，推擠之際將桶子打翻了，整桶熱水全往阿娘身上傾倒，阿娘會有多痛啊！那日的景象明明二姊也親眼目睹了，她難道不知道滾燙的水淋在身上會有多悽慘嗎？

立明一雙眼空洞無神，神魂彷彿飄至很遠很遠的地方。

立明的僵立看在如春眼裡，以為是捱了如意的罵正手足無措，她上前一步安撫了立明。

「立明，你怎麼了？二姊不是罵你，別怕。」如春順口也說了如意，「如意，妳這是做什麼？立明年紀小，木頭一次拿多了當然拿不穩。」

22 燙傷抹醬油：古時民間流傳的處理方式，然而此方法是錯誤的！燙傷謹記沖脫泡蓋送五字口訣。

「我……我只是要立明小心一點，我不是罵他。」

如意強忍著右肩的疼痛，快手快腳將散落一地的木柴收攏過來，陸陸續續送了幾根進灶門，沒多久大灶裡便傳來木頭燃燒發出的嗶嗶啵啵聲，立明聽著神經都緊繃了起來，他覺得自己若沒做些什麼會很對不起自己。

「二姊，以前阿娘宰雞被跳起來的雞潑到熱水，阿娘痛得大叫的那件事情妳還記不記得？」

「當然記得。」

「那妳還要用熱水燙虎姑婆？」

如意怎會不記得，阿娘殺雞被滾水濺到受傷是一回事，但一碼歸一碼，今日要燙死害人精虎姑婆又是另外一回事，不能相提並論。

如意不回應，立明不放棄，又說了：「滾水燙到身上很痛，二姊，妳不要用滾水燙虎姑婆嘛！」

如意真覺得弟弟頭殼壞掉了，竟然為做盡傷天害理之事的虎姑婆求情，她實在生氣，仰起頭狠狠瞪了立明一眼，立明被如意那犀利眼神嚇住，轉而哀求如春。

「大姊，二姊說要燒水燙死虎姑婆，那會很痛呢！」

半晌之前如意說了那些話，然後又接連受到皮肉之痛，如春早已在盤算如何勸如意稍安勿躁，這時立明再提起，她正好將自己的看法告訴了如意。

「如意，我們不是說好等爹娘回來讓他們處理嗎？妳為什麼改變了想法？」

「大姊，妳沒看立明打算放走虎姑婆，那怎麼可以？我們費盡千辛萬苦好不容易才逮住了虎姑婆，如果被立明破壞了，那之前的努力不都白費了？我絕對不允許立明來破壞。」如意說得慷慨激昂。

「立明是善心，他只是同情虎姑婆，他不會放掉虎姑婆的，妳放心。」如春看了看灶上那一大鍋的水開始冒著煙，抓緊時間她又說：「剛才大家都累出一身汗，我看這鍋水就先拿來洗澡吧！」

「大姊……」如意不依。

「如意，咱家還有爹娘，今天我們抓住虎姑婆這事說不定明後天就會傳遍附近幾個庄頭，人家若知道我們沒等爹娘回來拿定主意，就擅自做主處置了虎姑婆，人家會說咱們爹娘教子無方，三個孩子都沒將家裡長輩看在眼裡，如此重大的事情沒等他們回來商量之後再做處理，就急吼吼地要快刀斬亂麻，這樣人家會怎麼看咱們爹娘？」

如春也不知這麼說是否適切，她唯一的想法只是想讓如意了解，她們還有父母兩位長輩，怎麼說也不能踰越了分寸。

「可是……虎姑婆是害人精，本就該為被牠吃掉的小孩償命。」

「就算虎姑婆千不該萬不該，也輪不到我們處理牠。」

「我們這是替遠近幾個庄子的民眾掃除了大害，為什麼我們不可以……」如意發問咄咄逼人，如春險些陷入不知如何回應的局面，正辭窮時突然靈機一動，她說了：「虎姑婆這事日本官廳也是知道的，現下我們台灣是日本人統治的，如果我們沒把虎姑婆交給日本警察廳，到時候也許日本警察反而定了我們的罪。」如春想想該再說得嚴重一些，於是她補上一句，「日本警察說不定因此就治了咱爹娘的罪，到時候我們該怎麼辦？」

日本警察的囂張跋扈如意時有所聞，看到日本警察要尊稱「大人」，還得立正敬禮，警察常常揮動警棍隨便打人，如果因為虎姑婆這件事讓爹娘被定了罪，豈不太冤了？

如春搬出日本官廳總算有點效果，如意雖然仍是忿忿難平，但也不得不暫且按捺想處置虎姑婆的心思。

網子裡的虎姑婆好半天不作聲，靜靜聽著三姊弟妳來我往談論有關處置牠的事，聽著聽著竟不知不覺一股慚愧之情油然而生，說到底自己真的就如林家老二所說的那樣，罪貫滿盈不值得寄予同情，可是林家小弟弟卻能夠網開一面，不計前嫌要為牠脫罪，自己真值得被這樣善意對待嗎？

虎姑婆不再掙扎了。

是自己的妄想掙脫，引來林小弟弟的不忍，反而害得小弟弟幼小心靈得背負救牠不得的遺憾，以及被姊姊責怪的委屈。

這一醒悟讓虎姑婆看清一個事實，原來老天真的有眼，凡自己所做的事，最後都會回報到自己身上。

如春的娘一整天心神不寧，催著丈夫早些結束生意返家，他們回到家才踏進屋裡，便看見了屋角網著的龐然大物，再看三個孩子的面容表情，不消多說也知那是虎姑婆。夫妻倆震驚得說不出話來，沒想到三個孩子真能捉住老虎，再一聽孩子們細說如何捉住虎姑婆，聽著都覺得那過程驚心動魄稍一不慎便將是萬劫不復。

孩子的娘激動得一一檢視孩子，上上下下看了好幾回。

「阿娘，沒事啦，我沒怎樣，我們都沒怎樣。」如意任何時候都要顯現自己的神勇。

「妳啊！一個女孩兒卻是這麼不知死活，簡直膽大包天！」

「哎呀，阿娘，我不是好好的？」如意最在意的事緊跟著說出口，「阿爹阿娘，那我們該怎麼處置虎姑婆？」

「呃……」林清水想了一會兒悠悠地說：「讓庄子裡的人決定。」

「為什麼？」如意不同意，「是我們捉到的呢！」

「可這虎姑婆害了那麼多人家失去孩子，總也該這些鄉親來參與，看要怎麼做啊！」三個孩子的娘也同意。

「阿爹阿娘，不能把虎姑婆放走嗎？」立明怯怯說道，還悄悄看了如意一眼。

「不行。」如意吼著：「阿爹阿娘，你們看立明腦筋打結了，竟然想放走虎姑婆！」

林清水夫婦何嘗不知道他家立明從小最有愛心，他看再多遍殺雞畫面都還是會於心不忍。

進財利用黃昏趕牛回去時，拐了彎上林家來取回他的加薦仔，意外瞧見被綑得動彈不得的虎姑婆，一問之下知道如春姊弟聯手用計抓住了虎姑婆，也知道自己採給如春的芒草有派上用場，因為自己也有出力而感到欣慰。但奇怪的是心裡反而有一丁點不忍。

那是什麼呢？進財自己也說不上來。

關於如何處置這隻害人不淺的虎姑婆，林家父母最後決定天明再說。

林家五口人半是擔心虎姑婆掙脫半是看守，這夜裡幾乎沒有入眠。

經由前一晚進財回家沿路的消息放送，林家抓住虎姑婆的消息一傳十十傳百，很快便傳遍了整個石角庄，每片屋瓦下的人家無不放下心上那塊壓了許久的石頭，難得地睡了一場好覺。

十七、人間有愛

隔天一早，天才剛剛刷白，進財和整個庄裡的好奇民眾陸陸續續進了林家。一群人七嘴八舌議論紛紛，人人都對虎姑婆恨之入骨，部分庄民還上前踢牠一腳洩洩憤，不過都為終於捕獲虎姑婆而放下心來。

但對於如何處置虎姑婆，各有多派不同看法。

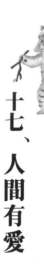

進財還得趕著阿牟和阿靜去吃草，沒空多在林家逗留，再說他一個十五歲的孩子，人微言輕，還是不要不知輕重多開口。但他想起了邱阿嬤，近兩年來不辭辛勞四處勸善的老人家，或許她的話還能起些作用。

虎姑婆自打被林家姊妹縛住後，一路聽著林家姊弟的對話，早就被那不足九歲的男孩感動到無以復加，眼淚早撲簌簌地流了滿臉，那是黑斗篷遮住了才沒被人們瞧見。

夜裡，林家人忍著瞌睡陪牠度過一夜，牠當然也心知肚明林家父母是擔心夜裡牠掙脫網子，把他們一家五口當成塞牠牙縫的食物，可五人中年紀最小的男孩卻是真心陪牠，暗夜裡還隱約聽見男孩靠上前跟牠說：「虎姑婆，妳好好睡一覺，我會看顧妳，不讓二姊燙死妳。」

那瞬間，虎姑婆有個衝動，若牠不是被縛在網子裡，那牠真要抱住男孩好好親上一親，謝謝他的天真善良。

今日清早同在市集做生意的沒見著林清水夫婦，託了賣雜貨的阿發各庄子走賣時順道去探探林家，看看那一對一年三百六十五天只休息農曆新正初一到初五的販雞夫妻，是不是家裡發生了什麼事，如果家裡有什麼需要大家幫忙，就該趕快通知大家合力相挺。阿發來到石角庄賣雜貨，特意先朝林家的方向去，一路上聽了人家說林家孩子抓到了虎姑婆，原還半信半疑，直到看見鄰近幾戶人家雜雜沓沓圍堵著林家，那情狀才讓他相信虎姑婆真落網了。阿發先去林家瞧了一眼，立刻轉頭馬不停蹄向市集奔去，一路上也沒忘記放送，「林清水家逮住虎姑婆了，林清水家逮住虎姑婆了……」聲音裡透露滿滿喜悅。

更多人聽到這消息後，無不歡喜地奔相走告。

於是聚集到林家的庄民越來越多，對於處置虎姑婆一直未有定論。

「……昨天下午我家如意原本打算燒一鍋熱水燙死虎姑婆……」林清水話都還沒說完贊同聲立刻四起。

「燙死虎姑婆好啊，為什麼沒燙呢？」

「就是要聽聽庄民的意見，所以暫時沒這麼做。」林清水接著說。

「我是想……老天一定會要我們善待天地之間的萬物，我們真要燙死虎姑婆嗎？」

一個蒼老低沉的聲音從人群中跳出來，很清楚地跳進每個人的耳朵裡，立明也聽得清清楚楚，他很高興自己並不孤獨，庄子裡有人跟他一樣的想法。

群眾裡有人紛紛回頭要看看是誰在說話，這些人是沒法同意這樣軟弱鄉愿的說法，以他們的想法是做壞事的人尚且會被官廳捉去論罪，何況這隻害人無數的虎姑婆，憑什麼可以不受懲罰？

「說那是什麼瘋話？殺人償命的道理總有吧！善待天地萬物，那是沒有侵犯我們的才予以善待的。」

「……你們看，你們看，虎姑婆也為牠自己犯下的錯懺悔流淚了。」有人這麼說。

「哼，少來，牠不過是惺惺作態，鄉親們別被虎姑婆騙了。」

「哎呀，話也不是這麼說嘛！」

「那不然要怎麼說？總之虎姑婆是禽獸……就是不可以放掉虎姑婆。」

圍觀村民也分作兩派，一派支持如意的提議，他們的看法是用熱水燙死虎姑婆，一勞永逸，否則縱虎歸山，待牠休養生息再下山，村子將再陷入萬劫不復之境。另一派則以虎姑婆灑淚一事主張牠有靈性，必然明白人間有愛，知道庄民會包容原諒牠過去的所作所為。

「……我說我們大家可都不是聖人，如何不想起虎姑婆過去對我們的傷害，你們說誰能夠？能夠的站出來告訴我……」

曾經虎口餘生的阿香和被嚇到整個人僵在茅廁的阿雲姊妹，從進財口中知道好姊妹如春三姊弟逮住了虎姑婆，非常歡喜。

阿香姊妹才剛抵達林家圍籬，便隱隱約約聽到有人窸窸窣窣著：「趕快來去派出所報告警察大人，說我們這裡逮到了虎姑婆，說不定還有獎金可拿呢！」

阿香沒把這話放進心上，因為她已被眼前重重疊疊的人牆給震懾了，和妹妹對看一眼，心眼拂過「也難怪這麼多人來林家，虎姑婆這是自作自受。」穿過重重人牆也陸陸續續聽到庄民一些對話，阿香下意識撫了撫還留有淡淡疤痕的左小腿，竟突然快速閃過「己所不欲，勿施於人。」這念頭。雖說虎姑婆是獸不是人，但傳說是虎形山修煉成精的老虎，既是修煉成精了，所有刑罰還奈何得了牠嗎？這回如果真用熱水燙死牠，那早已煉成的精魂難道還會怕了不成？

阿香很多想法，都來自於進財和她分享何清隨著父親何水前去大稻埕等地販賣膏藥，順道聽來說書人說過的歷史故事，那之中總有許多人情事理，聽得越多越懂得謙卑為懷，這世界畢竟大得很，很多事盤根錯節彼此關係緊密，層層疊疊的事情，都不是小小一個人能夠左右的。

阿香很想開口說些什麼，可是自己年紀不過十三歲多，在場有這麼多鄉親父老，哪有自己說話的餘地。

阿香內心還兀自掙扎不停，便聽見一個清亮稚嫩的童音說道：「各位阿公阿嬤叔叔伯伯嬸嬸阿姨哥哥姊姊們大家好，我是昨天和兩個姊姊一起捉住虎姑婆的立明，昨天捉住虎姑婆之後，我就看到虎姑婆的痛苦，牠被網在網子裡不能動的苦，還有姊姊怕牠掙脫把牠勒得很緊的痛，我相信牠也是有感覺的，像我們人一樣。虎姑婆以前吃小孩子，我們很討厭很不喜歡，現在我們要傷害虎姑婆，牠一定也是不喜歡。為什麼我們要這樣不喜歡來不喜歡去的，可不可以我們先不要對虎姑婆怎樣，讓牠心裡歡喜了，以後牠就不會再讓我們不快樂了？」

立明的這一番話很多人嗤之以鼻，立時一陣譁然，許多人交頭接耳表達各自看法，分別有肯定的和否定的，否定的人則頻頻說道：「真是小孩說小孩的話，處理虎姑婆的事又不是扮家家酒。」

可阿香並不這麼認為，阿香覺得只要我們先對人家好，人家也會對我們好，同理可證，對待動物也是這般，虎形山的老虎精下山危害庄民，也許正是因為人們先傷了牠的緣故。

阿香十分同意立明的說法，她拉著阿雲直往前擠，想給立明加加油打打氣。

「哎唷，不要這樣擠，擠到前面還不是一樣……」說的人垂眼一看，看出了是阿香，便大聲嚷嚷：「喔，阿香來了，那年阿香差一點被虎姑婆叼走，她那腿後來塗了多少藥膏才痊癒，你們問問她，阿香身受其害過，一定也是支持燙死虎姑婆。」

這人這話一說，阿香面前瞬間開出一條小通道，好讓阿香順利到達核心地帶。阿香在這短短幾秒之間彷彿被一股無形之光引著向前，這一小段幾步路的距離自己也正一點一點強大著，她想自己雖不及十四歲，仍然可以表達自己的看法，像勇敢的立明一樣。

阿香先清清喉嚨然後緩緩開口說道：「各位長輩，我要先說，我完全不贊成燙死虎姑婆……」

阿香此話一出，現場一片靜寂，遠處狗吠聲聽起來也像贊同。眾人無不張口結舌地盯著阿香看，似乎都不能理解，為什麼吃過虎姑婆苦頭的女孩不會想著報一箭之仇？尤其是林家老二如意更是完全想不透，她這個費心抓住虎姑婆的人，沒吃過虎姑婆的虧，不過是替受過苦難的人家打抱不平出口氣，可現在兩相比較起來，自己反而是雞腸鳥肚了。

「阿香姊，妳被虎姑婆咬過，妳不恨虎姑婆？」如意挺身而出直接了當問阿香。

「我聽進財跟我說過何清講給他聽的，說書人說過的故事，說書人說過『冤冤相報何時了』，既然是這樣，何不就在我們這個時候停止和虎姑婆結仇？」阿香心平氣和說著。

阿香這到底是另類思維，此地住民從沒這麼認真思維過，雖然平日生活便是相互幫襯，彼此搭手彼此協助彼此幫忙，大家都只覺得日子便該是這麼過，從沒去計較你我間誰付出多誰虧欠了誰，多數人這一向都是和平相處，自然結下的也都是好緣。

阿香的話像響雷般打進眾人心裡，許多人垂首默默想著是否跟什麼人結怨過？胡土太太突地想起幾年前和鄰居因細故爭吵，自己曾經氣憤地把鄰居老婆剛洗好曬上竹竿的衣服全扯下地，氣哭了鄰居老婆，也惹惱了胡土，從此胡土老想著發財，發了財就可以搬到市街，免得自家太太再和鄰人不睦。

人人心裡各是一番忖度，有人心裡想著心裡懺悔，也有人慶幸自己都是與人為善。

「各位長輩，應該記得我們庄子從以前就流傳虎姑婆的傳說，都說是虎形山修煉成精的老虎下山來了，可到底老虎精為什麼要下山？牠在山上修煉好好的，為什麼突然就下了山？是不是我們人類對牠做了什麼傷害，牠心中有怨就來擾亂我們了？」

一旁蜷縮成一團的虎姑婆越聽越自慚形穢，實在沒臉見人，立明那個男孩是天真善良，不知牠的險惡，可是阿香這個女孩畢竟曾經受到牠的襲擊，照理應該像如意說的恨牠入骨，可阿香這女孩非但不恨牠，還試圖說服所有大人對牠網開一面，這孩子胸襟之大，比牠過去多少年所待的虎形山還要寬闊啊！

感知這一切的虎姑婆，在心裡暗自發誓，若真能得到庄民們的寬恕，從此後必會潔身自好，不再踏入各庄街不再危害人間。

可虎姑婆這些心中的決定，沒人能知，想要置牠於死地的民眾仍然比比皆是。

即便阿香一番話引發人人自省，可處置虎姑婆的事畢竟大事一樁，仍未能有定論。正在這時邱阿嬤在進財的陪伴下來了。

「呵呵，大家都在這兒討論虎姑婆的事啊！」

「邱阿嬤來了，趕快讓邱阿嬤進屋。」

「邱阿嬤，請請請，請進屋來坐。」

或開道或引路或夾道相迎，邱阿嬤早已是鄰近幾個庄子的神級人物，能夠捐棄失去可愛孫子的恨與痛，日日遊走四處傳播善念的行徑，多數人是心存感佩。而且因邱阿嬤始終心口如一，各庄住民也在日復一日的耳濡目染中，培養出與邱阿嬤一樣的善心。

「大家都辛苦了，為了這一隻老虎大家傷了這麼多神，有必要嗎？這些時間如果去做各自該做的事、該做的生意、該賺的錢，不是很好？可偏偏大家不去營生，反而把時間給了這隻老虎，值得嗎？」

邱阿嬤的話引得人人陷入深思。

「對啊！我這一天的生意沒做，少了多少收入，誰能賠我？網子裡的老虎嗎？」

開始有人覺得自己錯放心思在不該放置的事項上，人群中便有了鬆動，有人悄悄後退準備離開了，大半天過去什麼都沒做也就罷了，現在趕快去做該做的事，亡羊補牢，不無小補。

虎姑婆在邱阿嬤現身之後，一直掙扎著讓自己呈現跪拜姿勢，牠對邱阿嬤滿懷歉意，想那時自己那可惡獸性竟傷害邱阿嬤如此之深！如果能夠彌補，往後的歲月牠要為此贖罪。

「各位鄉親，我當然知道大家心裡的憤恨，可是心頭如果長久都留著這一點恨，日子怎麼過得平安？剛剛阿香說的話，我也聽進了一些，阿香這女孩都能這麼大肚量，都能夠容下曾經傷害過她的虎姑婆，我們這些大人難道不能嗎？」

邱阿嬤用的是「我們這些大人」，好似她不曾被虎姑婆為害過，如意簡直不敢相信邱阿嬤和傳聞中的一模一樣，早把切身之痛拋到腦後。

邱阿嬤都可以，為什麼我不能？如意的覺察也是很多人沒說出口的心聲。

正在這時，進財發現了虎姑婆跪著痛哭流涕的模樣，他拉拉邱阿嬤衣袖，指給阿嬤看。

「你們看，其實虎姑婆也知錯了，還哭成這樣，我們不能饒恕牠嗎？」

屋子裡裡外陷入一片沉思，這真是大難題，考驗著眾人的意志。

有人或許趕著去工作，又或許是不想直接做選擇，正悄悄退出，但仍帶起些微紛亂。人群陣勢移動狀況下，阿香忽忽想起在進林家圍籬前與幾位庄裡叔伯錯身時聽到的斷續談話，沒多猶豫便脫口說出了。

「各位長輩，我來時遇見庄子裡幾位叔叔伯伯，他們說要去派出所報官，我們如果不快一點放虎姑婆回山上，等到警察大人來了，一切就都晚了。」

「哎呀！那這樣大家得快點商量好喔！」邱阿嬤又多加了一句：「雖然我是勸大家不要為難虎姑婆，但是你們也可以不必聽我的。」

邱阿嬤德高望重，所言所行堪稱表率，庄民沒有理由堅持己見，於是紛紛點頭同意放虎姑婆一馬。

邱阿嬤親手解開綑住虎姑婆的網子，重獲自由的虎姑婆跪在地上，朝邱阿嬤拜了又拜。

「虎姑婆，我知道妳是一點怨念在心，才會下山來擾亂大家，其實妳在

虎形山也很久了，看著這些住民從別處移來這裡落腳生根，大家住這裡需要妳的守護，現在大家不念舊惡要放妳回去，以後就拜託妳好好守護我們這幾個庄子的住民啊！拜託拜託！」邱阿嬤也朝虎姑婆禮拜。

虎姑婆臨去又轉身朝屋子裡眾人環拜一圈，牠心裡其實說著：「謝謝大家給我機會重新來過，以後我不會把被斷腳筋的事再記掛在心上，那將是隨風而去的往事，未來我會好好伏臥虎形山，永遠守護這一方土地。」

隨後，虎姑婆拖著那一條瘸腿，搖搖晃晃行動，步伐不穩地踏出村子，然後向著山上緩緩奔去。屋子裡眾人漸次鬆下一口氣，進財摸著肩上那只加薦仔，裡面還裝著小石子、鬼針草和蔓陀羅果，現在想想都覺得好笑，原來所有的準備都不及一個心念。

眾人正陸續散去時，奉派出所所長之命前來林家處理虎姑婆的瘦巡查威風凜凜來到，身後跟著幾個較不務正業的庄民，前呼後擁地進了林家。幾個男丁一進林家便瞧見鬆垮垮空蕩蕩的網子，虎姑婆已不見蹤影。

「咦？老虎呢？」瘦巡查開口問。

「什麼老虎？」邱阿嬤反問。

「林清水女兒逮住的老虎啊！」

「哪有？我從來到林家就沒看見。」

「邱阿嬤，是不是妳放走了老虎？」瘦巡查沒好聲好氣地說：「我是奉所長的命令來處理老虎的。」

「就沒老虎，你要怎麼處理？大人。」

瘦巡查早先也頭痛該如何處理老虎，難不成他扛著一頭老虎回派出所？還是一棍打昏了牠再拖著回所裡？本來所長也不太想搭理本庄那幾個平日遊手好閒的傢伙，但民眾報案了，又不能不受理，所長只交代他前往處理，也沒給具體處理方式。路上他反覆想過，老虎這事是個燙手山芋，紛紛擾擾多少年了。

不過現在倒好，這個燙手山芋憑空消失了，好過還得費神處理，以後就當老虎依舊是住民們茶餘飯後的傳說，他們警務人員自始至終都不曾親眼見過，瘦巡查不再多浪費時間，反身就走了。

尾聲

這之後許多許多年過去，石角庄裡的小姑娘都長大成人，阿香姊妹和如春姊妹等人都當了娘，之後又當了婆，虎姑婆的傳說從沒消失過，逐漸還有人在流傳的故事裡加上了一首歌謠：

「好久好久的故事，是媽媽告訴我，
在好深好深的夜裡會有虎姑婆，
愛哭的孩子不要哭，牠會咬你的小耳朵，
不睡的孩子趕快睡，牠會咬你的小指頭……」[23]

23 〈虎姑婆〉：由李應祿作詞、作曲，經過多種語言的版本傳唱至今。

孩子們聽著聽著慢慢長大，也都一個個乖巧懂事，真有那不聽話愛調皮搗蛋的小孩，奶奶和媽媽的床邊故事就少不了虎姑婆了。

（全文完）

台灣民間故事系列

藉由台灣「口耳傳說」的底本，將經典民間故事重新改編，透過現代新視角，再創現代新經典。以機智、幽默、生動……等寫作手法，將小說故事說得親切、並深入人心。

媽祖林默娘

在媽祖成仙之前，她也是凡人、也曾是少女，經歷人事滄桑、悲歡離合，有喜怒哀樂，也有成長過程中必經的迷惘和困惑。她是如何一路走來？尤其世人難以度過的情關，是否也曾羈絆她的道心？動搖她的志向？

鄭宗弦◎著
定價：250 元

義俠廖添丁

台灣民間口耳相傳的傳奇人物，其劫富濟貧的正義形象鮮明，在日本殖民時期卻是警察的頭號通緝人物。即便如此，那些在民間流傳的俠義故事，仍讓台灣百姓紛紛讚揚這號人物。

陳景聰◎著
定價：250 元

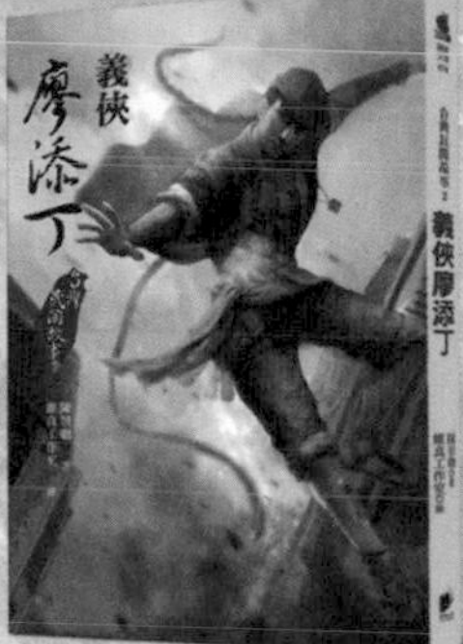

府城幽魂林投姐

台灣民間渣男復仇記經典代表作！關於清代三大奇案之一的林投姐傳說眾說紛紜，然而都不離遭遇負心漢騙財騙色為主軸。是什麼樣的境遇使得良家婦女落得如此田地？怎樣的心頭恨驅使她做鬼也不消散？

黃沼元◎著
定價：250 元

國家圖書館出版品預行編目資料

台灣民間故事 4：虎姑婆都不虎姑婆了 / 王力芹著；Chloé Kong 繪 . -- 初版 . -- 臺中市：晨星出版有限公司，2023.01

面；　公分 .--（蘋果文庫；129）

ISBN 978-626-320-302-0（平裝）

863.596　　111018050

蘋果文庫 129

台灣民間故事4

虎姑婆都不虎姑婆了

作者｜王力芹
繪者｜ Chloé Kong

編輯｜呂曉婕
封面設計｜鐘文君
美術編輯｜黃偵瑜
文字校潤｜蔡雅莉、呂曉婕

填寫線上回函，立刻享有
晨星網路書店 50 元購書金

創辦人｜陳銘民
發行所｜晨星出版有限公司
台中市 407 工業區 30 路 1 號 1 樓
TEL:04-23595820　FAX:04-23550581
http://www.morningstar.com.tw
行政院新聞局局版台業字第 2500 號
法律顧問｜陳思成律師

讀者專線｜ TEL：02-23672044 / 04-23595819#212
傳真專線｜ FAX：02-23635741 / 04-23595493
讀者信箱｜ service@morningstar.com.tw
網路書店｜ http://www.morningstar.com.tw
郵政劃撥｜ 15060393　知己圖書股份有限公司
印刷｜上好印刷股份有限公司

初版日期｜西元 2023 年 01 月 15 日
ISBN ｜ 978-626-320-302-0
定價｜ 250 元